日本妖怪

完全圖解事典

監修 小松和彥〈國際日本文化研究所所長〉
飯倉義之〈國學院大學助教〉
翻譯 黃昱翔

妖怪是日本引以為傲的幻想文化

在漫畫、動畫與遊戲的世界中，魔法和巨龍等西方奇幻傳說及神話已是大眾所熟悉的故事背景；但是，日本也有一群不遜色於西方傳說的幻界居民，他們就是人稱「妖怪」的存在。

所謂的妖怪，主要是指引發身邊奇異事件或怪異現象，尤其是行為令人感到恐懼的鬼怪；人們為了撫平怪異現象所帶來的恐慌，於是擅自將之歸咎於妖怪作祟，再逐漸由想像中催生出各種風格迥異的鬼怪，並且為這些鬼怪個別賦予了不同的名字。而這個深受日本人喜愛的妖怪世界也逐步擴張，最終成為世界上獨一無二的鬼怪文化瑰寶。

雖然妖怪容易引發人們產生詭異、恐怖的聯想，但它們無庸置疑具備了奇幻要素；若是深入探究古人親身經歷的事件、傳說，以及過去流傳下來的妖怪圖畫，便不難發現其中蘊藏著興奮與喜悅的情緒，像這般由恐懼與喜悅交織所構成的妖怪世界，應該也是世上難得一見的奇特文化吧。

日本過去的風土民情曾為催生妖怪所需的想像力，提供了環境，可是自從明治時代以來，不斷現代化的日本社會遂將妖怪視為迷信，致使日本人幾乎遺忘這群黑暗世界的居民，不過妖怪們卻未因此而消失，當裂嘴女的都市傳說透過媒體傳播到日本全國時，即便日本人表面上對該事件一笑置之，但內心深處難免存有一絲恐懼；即使該事件是源自於西方奇幻故事，也免不了被當作荒誕可笑的無稽之談，可是當這類奇幻故事融入漫畫和遊戲等文化時，卻往往使人對故事發展心生嚮往。無論妖怪實際存在與否，人們對於奇幻與怪象的想像力，絕不會因為時代的發展而消逝。

本書交錯運用大量彩色插圖與古代妖怪圖畫，呈現出各種日本妖怪的面貌，這些妖怪曾棲息於日本……不、它們至今仍生存於日本各地，希望各位讀者發揮自己的想像力，盡情享受這個奇幻的妖怪世界。

日本妖怪地圖

本書標註了內文中各種妖怪傳說的流傳地點，並將其刊載頁數一同加入地圖之中。

北海道地區

關東地區

東北地區

青森縣
秋田縣
岩手縣
山形縣
宮城縣
新潟縣
福島縣
石川縣
富山縣
栃木縣
群馬縣
茨城縣
福井縣
長野縣
埼玉縣
岐阜縣
山梨縣
東京都
千葉縣
神奈川縣
愛知縣
靜岡縣

中部地區

近畿地區

鳥取縣
島根縣
兵庫縣
滋賀縣
京都府
岡山縣
島縣
大阪府
山口縣
香川縣
三重縣
奈良縣
愛媛縣
德島縣
和歌山縣
高知縣

四國地區

中國地區

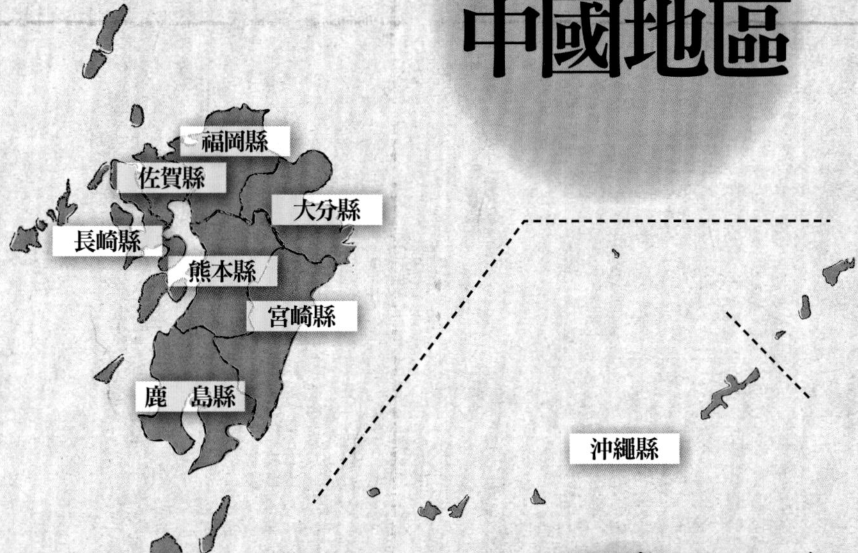
福岡縣
佐賀縣
大分縣
長崎縣
熊本縣
宮崎縣
鹿 島縣
沖繩縣

九州・沖繩地區

日本妖怪 完全圖解事典 目錄

第四章 住宅裡的妖怪

妖怪故事

專欄

【鵺】

插圖：aoki

本書的閱讀指南

1 種類

即該妖怪的外型分類。共分為人型、獸型、異形三類。

2 出沒場所

山林 出沒於深山或樹林之中。

河海 出沒於河、海、湖等水域。

聚落 出沒在村莊或田園等人類居住地周圍。

住宅 於住宅中出沒。

3 名字

妖怪的名字。

4 流傳地區

凡是曾有目睹或遭遇該妖怪傳聞的地區，便會以紅色標記註記之。

5 妖怪解說

詳細說明妖怪的來歷。

6 妖怪的插圖

從各種傳說中描繪出妖怪的形象。

7 出自古人之手的圖畫

古代畫冊中的妖怪形象。

8 妖怪的能力

本書依據強度、妖力、威脅性、怪異度、知名度等五大項目，分別給予妖怪五種等級的評價，並且針對較具特色的兩個項目進行說明。

強度	力量越是強大的妖怪評價越高。
妖力	使用的妖法越具威力則等級越高。
威脅性	越是危險的妖怪評價越高。
怪異度	性格、外觀與特徵越奇怪的評價越高。
知名度	名聲越是響亮的妖怪等級越高。

第一章

山林裡的妖怪

在草木繁盛的森林及深山之中，許多地方終日陰暗漆黑，有如不同於人世的異世界一般；時至今日妖怪們依然在山林中歡鬧不休。

人型

山林

油須磨

說曹操曹操到的油須磨

能力

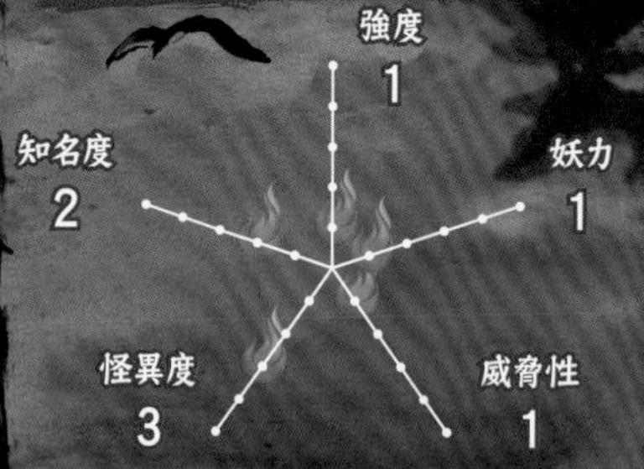

威脅性　1

這種妖怪只會在現身在山路，並不會傷害人類性命，只不過它總是突然出現，路過的行人難免受驚。

知名度　2

由於現身之處受到侷限，因此許多人並不知道它的存在，油須磨的知名度自然就不會太高。

事蹟流傳區域

熊本縣天草市

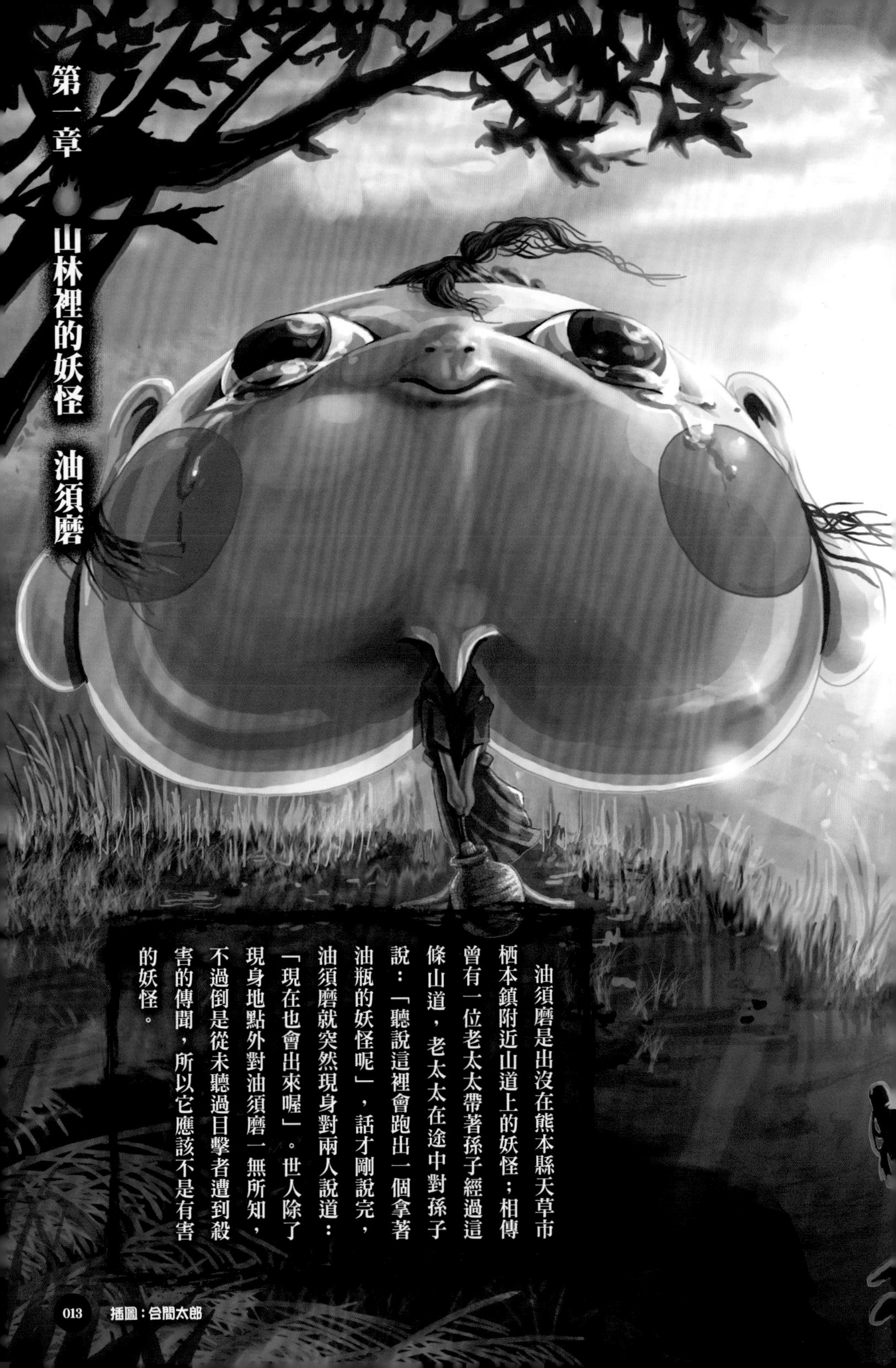

第一章 山林裡的妖怪

油須磨

油須磨是出沒在熊本縣天草市栖本鎮附近山道上的妖怪；相傳曾有一位老太太帶著孫子經過這條山道，老太太在途中對孫子說：「聽說這裡會跑出一個拿著油瓶的妖怪呢」，話才剛說完，油須磨就突然現身對兩人說道：「現在也會出來喔」。世人除了現身地點外對油須磨一無所知，不過倒是從未聽過目擊者遭到殺害的傳聞，所以它應該不是有害的妖怪。

插圖：合間太郎

獸型

山林

豬笹王

每逢12月20號就會現身的野豬亡靈

在奈良縣吉野郡的伯母峰上，棲息著一隻背上生長著熊笹名叫豬笹王的大豬；有一天豬笹王被偶然來到山上的獵人奪走一腳一眼，憤恨的豬笹王死後便化作獨腳惡鬼，襲擊路過山上的旅人。丹誠上人得知此事後就前去將豬笹王封入地藏之中，但據說每逢鬼怪重獲自由的12月20日豬笹王便會重返人間。

能　力

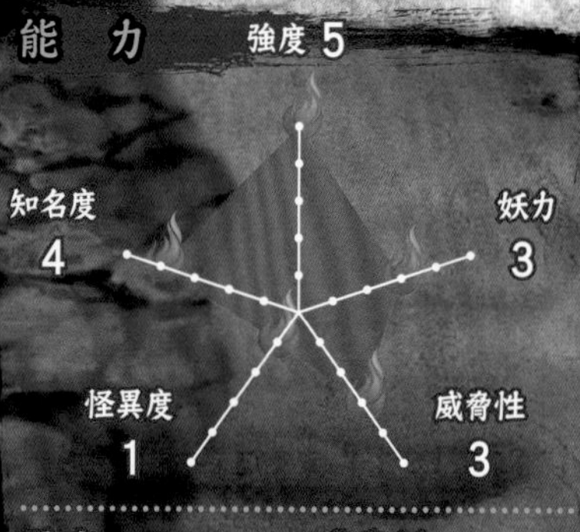

強度　5

豬是一種擁有強大力量與速度的動物，化為鬼怪以後，想必力量更非一般生物所能比擬。

威脅性　3

豬笹王因為對人類的怨念而化為鬼怪，所以會不分青紅皂白襲擊路過的旅人，可說是好戰且格外危險的妖怪。

事蹟流傳區域

奈良縣吉野郡

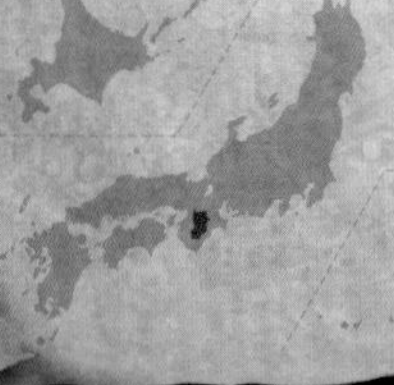

第一章　山林裡的妖怪　豬笹王

插圖：難波吉備

人型

山林

大入道

喜歡嚇人的妖怪!?

古人所留下的繪畫

龍齋閒人正澄「狂歌百物語」的大入道；其中畫出了大入道的巨大影子。

能　力

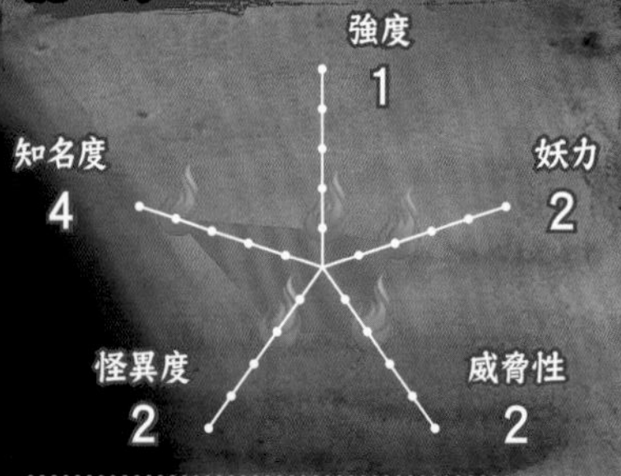

威脅性　2

一般認為這種妖怪只會嚇人，並不會傷害人類，因此威脅性比起其他的妖怪來得低。

知名度　4

大入道是事蹟傳遍日本各地的著名妖怪，可說是日本國內較為重要的妖怪之一。

事蹟流傳區域

沖繩縣以外的所有地區

第一章 山林裡的妖怪

大入道

大入道是除沖繩縣以外，在全日本境內留下許多傳說的妖怪，平時是以男性的樣貌現身，不過有時候也會以女性、黑影等型態出現，其身形最小可與人類相當，最大甚至能與高山一般；據說如果因為抬頭看大入道而跌倒的話就會小命不保，所以也會將大入道當作見越入道的同伴。

插圖：難波吉備

獸型

山林

後送犬

偶爾會攻擊人類的犬妖

能　力

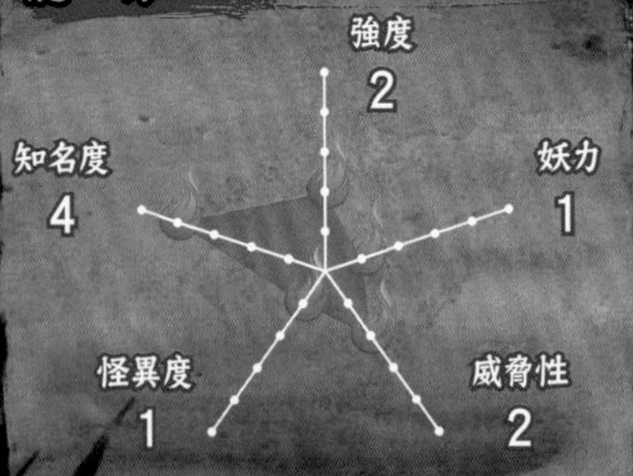

威脅性　2

只要被它保護的人不跌倒，後送犬就會將人們平安送回家，是能讓人避免受到野獸或妖怪危害的好妖怪。

知名度　4

各地有關後送犬的傳說略有不同，不過它可是除北海道與沖繩縣以外，在日本各地留下傳說的知名妖怪。

後送犬是一隻會在晚上跟在人類背後的妖怪，它保護人們平安回家後就會收下草鞋或食鹽等祭品返回，但據說要是受它保護的人在途中摔跤，後送犬就會吃掉跌倒的人，這時只要假裝正在休息就不會遭到襲擊。此外，日本各地也流傳著類似後送犬的故事，部分地區甚至存在妖怪——「後送狼」的故事。

事蹟流傳區域

除北海道、沖繩縣以外的地區

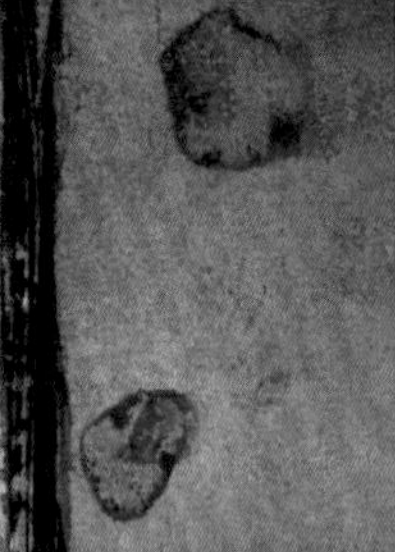

第一章 山林裡的妖怪 後送犬

古人所留下的繪畫

龍齋閒人正澄「狂歌百物語」的後送狼：深夜中佇立於道路上的後送狼。

插圖：合間太郎

人型

山林

鬼

自古以來最具代表性的日本妖怪

鬼是日本相當具有代表性的妖怪，其外貌雖然各有不同，但鬼在圖畫中大多是頭上有角、體型巨大，手持大鐵棒的形象。據說「鬼」的名字原本源自於「隱」，指的是無法見到本體的邪惡存在。民間傳說與記載中的鬼大多會對人類造成威脅，但其中也有像神明般受到人們供奉的鬼。

能力

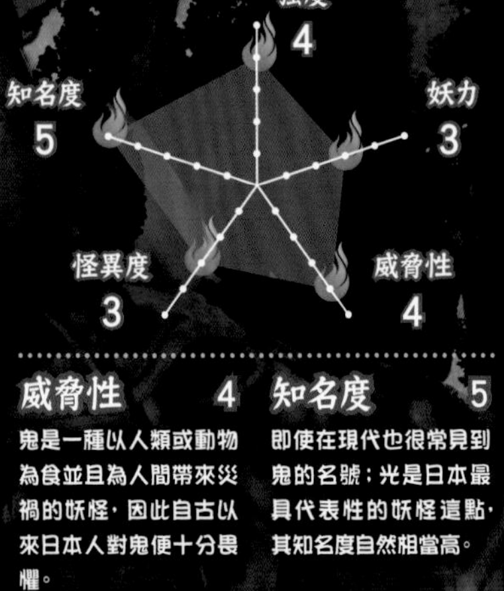

威脅性　4

鬼是一種以人類或動物為食並且為人間帶來災禍的妖怪，因此自古以來日本人對鬼便十分畏懼。

知名度　5

即使在現代也很常見到鬼的名號；光是日本最具代表性的妖怪這點，其知名度自然相當高。

事蹟流傳區域

除北海道以外的地區

第一章 山林裡的妖怪 鬼

古人所留下的繪畫

鳥山石燕「今昔畫圖續百鬼」的鬼，畫中應是描繪棲息在山中的鬼的樣貌。

插圖：鯵屋槌志

妖怪故事 第一夜

「因怨成鬼」

成鬼後於現世迷茫者

平安時代有一位名叫日藏的僧侶來到了吉野山中，他在那裡和一隻身長1丈7尺、身體呈青色、毛髮火紅的鬼相遇，這隻鬼淚流滿面地向日藏傾訴心中的苦楚：

「我在四、五百年前也曾經是個人類，但因為對某人心懷怨懟而化成了鬼，我已將那人的子孫後代全數殺害，如今再也沒有可殺之人；但即便我將仇敵斷子絕孫報了深仇大恨，卻仍舊無法使我安穩地長眠，至今依然得忍受瞋恚（憤怒）之火燒灼。如今還活在世上的只剩下我一個人，當初若是知道會落得如此下場，我就不會怨恨他人了……」

即便在鬼向日藏訴說苦楚之際，頭上仍然不斷地冒出憤恨的火焰；據說鬼向日藏說完話以後，很快就消失在深山之中。

~作者不詳 取自「宇治拾遺物語」

妖怪故事 第二夜

「羅生門之鬼」

渡邊綱斬妖伏魔

成功平定引起京城騷動的酒呑童子及其惡鬼部下，凱旋返回京城的源賴光與賴光四天王擺下了慶功宴，席間四天王其中一人卜部季武竟說出羅城門潛伏鬼怪之事。

但同為四天王之一的渡邊綱卻不認為羅生門會有鬼怪存在，他無法認同季武的看法；渡邊綱為親眼證明謠言的真偽，於是穿上鎧甲拿起佩刀獨自前往羅生門。

當渡邊抵達羅生門之際，惡鬼突然從他背後出現，渡邊雖然吃驚卻未慌亂，立刻拔刀向惡鬼砍去，他與惡鬼展開一場大戰，最終成功斬下惡鬼的一隻手臂；惡鬼大喊著：「總有一天我會回來要回這隻手臂」，隨後便躲入壟罩天空的黑雲裡逃得無影無蹤。

~出處不詳

妖怪專欄

引發京都騷動的鬼怪頭目

鬼可說是日本最具知名度的妖怪，在日本各地也留下許多傳說，其中也有不少別具特色的鬼登場；本專欄在此將介紹特別知名的鬼。

其中最為人所知的鬼，就屬曾於一條天皇時代引起京都騷動的鬼怪集團頭目——酒呑童子；酒呑童子以京都地區的大江山作為根據地，據說它時常率領其他鬼怪一同前往皇城擄掠人類；而酒呑童子的外觀眾說紛紜，一說它是個體長15m、頭上有5支角、擁有15隻眼睛的怪物，也有說它是個絕世美少年的傳聞。此外，酒呑童子也如它的名字一般嗜酒，它之所以會被人類降伏，也是因為喝醉才會遭渡邊趁機殺害。

酒呑童子的部下茨木童子也是頗具代表性的鬼，它也被世人稱為「羅生門之鬼」，甚至成為歌舞伎和淨琉璃的主題之一；雖然世人仍不清楚它的來歷，但據說它是個擁有男性外貌、10歲左右的鬼，相傳它曾前往大江山拜訪酒呑童子，提出加入其麾下的要求。

截自鍋田玉英「怪物畫本」的酒吞童子（國際日本文化研究所館藏）

異形

山林

背負小鬼

擅自到路人背上休息的妖怪

出沒在新瀉縣三條市的妖怪，又稱作背負妖；每當它在半夜遇到路人時，便會對路人說：「背背」（要別人背的新瀉方言）並且跳上對方的背後，此後它的體重便會越來越重，甚至會啃咬對方的頭，因此當地人認為走夜路時得要戴上鐵盆比較安全。由於背負小鬼總是騎在受害者背上，所以對其相貌記載相當模糊，相傳若能成功將它背到家中，背上的小鬼就會化為一筆財富。

事蹟流傳區域

東北、中部、中國

能 力

強度	妖力	威脅性	怪異度	知名度
2	1	3	3	3

威脅性 3

這種突然得背負不明物體的奇聞難免令人毛骨悚然；至於財富的傳聞則從未獲得證實。

知名度 3

強迫人背負自己的妖怪故事流傳在日本各個地區，例如德島縣也存有背負石的妖怪傳說。

插圖：合間太郎

人型

山林

樹精

寄宿於古木之上的南國精靈

寄宿在雀榕與細葉榕等古木上的精靈，依據地區不同分別有：「bunagaya」、「seema」、「warabi」、「kijimun」等稱呼；樹精的頭髮與皮膚呈鮮紅色、身高與兒童相近，非常喜歡和人類相撲，據說是和人類十分親近的妖怪，並不會擅自加害人類。此外樹精也相當擅長漁獵，甚至會幫助和它關係良好的人類捉魚砍柴。

能力

強度	妖力	威脅性	怪異度	知名度
2	3	1	2	3

妖力　3

據說它會放出能夠飄浮在空中的球狀鬼火，其外觀雖與人類相近卻擁有不容小覷的妖力。

知名度　3

樹精是沖繩縣當地的代表性妖怪，由於它是善良的妖怪，因此名聲也得以傳入其他縣。

事蹟流傳區域

沖繩縣

第一章 山林裡的妖怪 樹精

插圖：合間太郎

異形

山林

木靈

不容褻瀆的可怕森林巡守

木靈是寄宿在神木或古木上的精靈，據說其蘊藏的強大妖力不但能讓它化身為人類和鬼火，也可以作祟以阻止想要砍倒樹木的人類；而日本各地也留下不少木靈及類似木靈的妖怪傳聞，比方說沖繩縣的「kiinusii」就是典型的例子：相傳半夜中樹木倒塌的聲音就是kiinusii痛苦的呻吟，而它所寄宿的樹木也會在不久後枯死。

古人所留下的繪畫

鳥山石燕「圖畫百鬼夜行」的木魅：從樹木中出現的男女就是木靈。

能　力

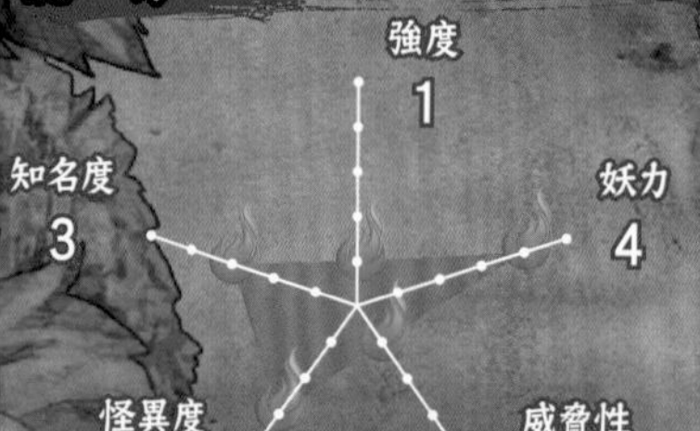

妖力 4

木靈能夠化身為鬼火作祟，並運用強大的妖力做出各種事情。

怪異度 3

據說砍斷木靈寄宿的樹木時，樹木斷口就會湧出鮮血，可說是一幅令人毛骨悚然的光景。

事蹟流傳區域

日本各地

第一章 山林裡的妖怪 木靈

插圖：合間太郎

人型

山林

子泣爺爺

外表看似個老頭，哭聲卻像個小孩？

子泣爺爺是居住在四國山區的妖怪，它雖會發出「嚶、嚶」的幼兒哭聲，然而其真實樣貌卻是個垂垂老矣的老頭，若因一時同情將子泣爺爺抱起，它的身體便會逐漸變重，最終壓死抱起它的人；除此之外，四國還有一個時常嗚嗚啼哭的妖怪，相傳當這隻妖怪以單腳站立之姿出現時，就表示近日將有地震發生。

能　力

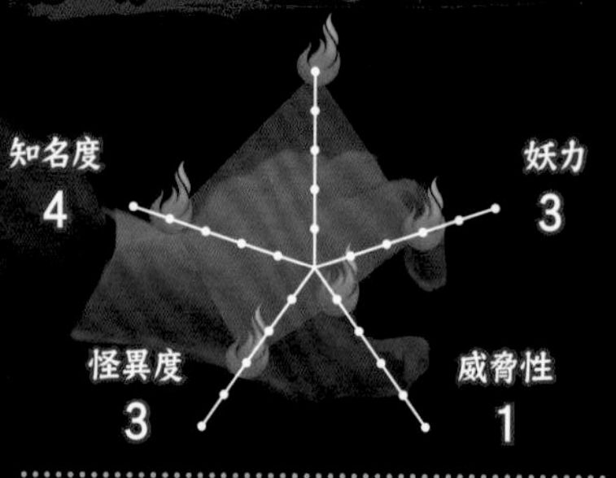

強度　5

子泣爺爺絕對不會放開抱起它的人，雖然形貌與幼兒相近但其怪力不容小覷。

怪異度　3

哭聲與幼兒一般的子泣爺爺，可說是一隻詭異的妖怪，因此它的怪異評價相當高。

事蹟流傳區域

德島縣

第一章 山林裡的妖怪 子泣爺爺

插圖：藤川純一

人型

覺

施展讀心術看穿人心

古人所留下的繪畫

鳥山石彥「今昔畫圖續百鬼」的覺。

事蹟流傳區域

東北、關中、中部、近畿

覺是居住在深山及山麓森林裡的妖怪，體格與高大的成人男性相近，但身上卻長滿毛髮型態有如猿猴一般；一般認為覺具有看穿人心的能力，據說曾有獵人想將覺射死，但覺看穿了獵人意圖立刻逃走。相傳它們有些也會說人類的語言。

獸型

猿神

作惡多端的猿猴妖怪

古人所留下的繪畫

「今昔物語集」中的「猿神退散」作者不詳。

事蹟流傳區域

關東

時常於日本神話及日本各地民間故事集中登場的猿猴妖怪，隨著時代和地區不同有時也被人們視作神明供俸；而妖怪猿神的事蹟中，就屬長野縣駒之根市光前寺的「早太郎說話」知名度最高，故事描述一名僧侶和名為早太郎的狗，一同擊退在當地無惡不作的妖怪猿猴，而這類傳說也流傳於日本各個地區。

妖怪專欄

妖怪之旅1～鬼篇

鬼可說是日本全國性的妖怪，因此其事蹟流傳地區眾多；例如知名的「酒呑童子」頭顱的埋葬處便建有「首塚大明神」神社（京都府京都市西京區大枝），據說光是造訪首塚就有治療肩頸毛病的功效。

而桃太郎故事的鬼怪原型「溫羅」，所建立的據點據說就是「鬼之城」（岡山縣總社市奧坂），如今山頂上還保留著城牆一隅。

著名的「惡路王」雖然是東北鬼怪，但惡路王的頭顱卻被安置在茨城縣「鹿嶋神社」（茨城縣東茨城郡城里町高久）；據說神社內原本供俸著惡路王頭顱的木乃伊，但如今卻是以其頭顱模型代替，當時將頭顱移往茨城縣立歷史博物館時，就在正殿中擺放了替代用的模型。

勝岡「羅剎」同樣也是東北著名的鬼，當年三石神降伏羅剎的土地，而今也成了祭祀巨岩神的「三石神社」（岩手縣勝岡市名須川町），至於羅剎在巨岩上留下如今依稀可見的鬼手印，也正是岩手縣名稱的由來。

其中也有將鬼視為福神供俸的神社，「鬼鎮神社」（埼玉縣比企郡嵐山町川島）正是這種特殊神社，此處不但流傳著鬼招收刀匠弟子的故事，甚至在節分撒豆祈福時還會念誦：「惡魔出去，福進來，鬼進來」。

插圖：難波吉備

獸型

山林

三目八面

相貌詭異的食人妖怪

三目八面是出沒於今高知縣土佐郡高知市的妖怪，外觀正如其名，擁有3隻眼睛、8張臉，據說它巨大的身體甚至可延伸到鄰近村落；三目八面居住在名為申山的山中，是以獵捕途經申山的旅人為食的凶惡妖怪，相傳一支稱為注連太夫的望族使用了鎮山御幣封住申山，並且放火燒山殺死了這支妖怪。

能　力

強度	4
妖力	2
威脅性	4
怪異度	4
知名度	2

威脅性　4

三目八面會獵食路過深山的人類，相傳附近居民在它死前每天都過著提心吊膽的生活。

怪異度　4

它雖然是體型巨大且擁有8張臉的妖怪，但眼睛卻只有三個，因此其外貌可說是十分的詭異。

事蹟流傳區域

高知縣

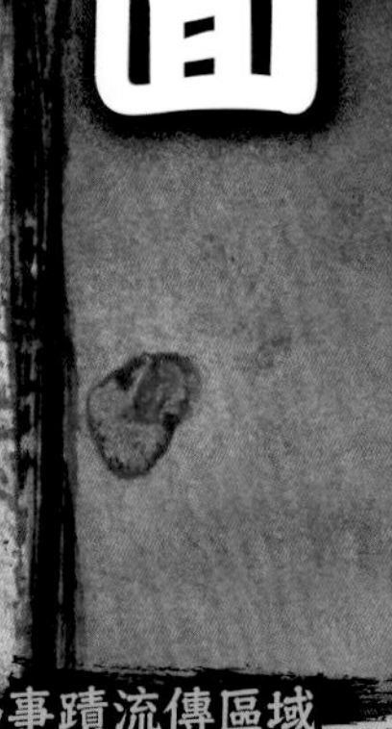

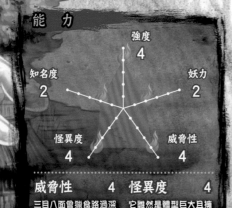

第一章 山林裡的妖怪 三目八面

插圖：合間太郎

獸型

山林

脛擦

在深夜的道路上磨擦磨擦

脛擦是岡山縣小田郡的妖怪，雖然從未有人能清楚看到它的樣貌，但其形態應與狗差不多；這種妖怪常會在下雨的夜晚現身，用身體磨蹭路人的雙腳，因此人們便稱呼它脛擦，脛擦除了磨蹭路人以外並不會加害人類。此外，岡山縣還有一種類似脛擦的妖怪——「脛轉」，是會拉住路人雙腳使之跌倒的搗蛋妖怪。

能　力

強度	妖力	威脅性	怪異度	知名度
1	1	1	2	1

威脅性　1

只會磨蹭路人雙腳的無害鬼怪，是一種不具威脅性的奇怪妖怪。

怪異度　2

兩腳間被不知名的物體磨蹭雖然不痛不癢，但還是會讓當事人頭皮發麻。

事蹟流傳區域

岡山縣

第一章 山林裡的妖怪 脛擦

插圖：中山慶尚

獸型

山林

大蛇

能一口吞下人類的巨大妖怪

出沒於深山湖泊、沼澤及池塘的妖怪，不但能讓人陷入昏睡、吐出足以致死的毒液，還可以呼風喚雨打雷閃電，因此大蛇也被奉為執掌山與水的神明；大蛇是神話與民間故事中常見的妖怪，其中以建速須佐之男命所降伏的八岐大蛇，以及福島縣沼澤沼的「沼御前」（225頁）等大蛇最具知名度。

能　力

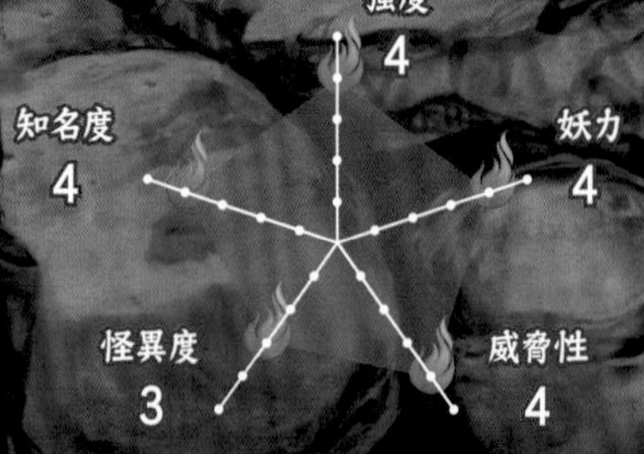

妖力　4

大蛇的妖力會隨個體的不同出現差異，其中不乏擁有化為其他動物與人型能力的大蛇。

知名度　4

雖然外觀與能力有所不同，但大蛇的妖怪傳說仍舊傳遍了日本各地，可見大蛇知名度之高。

事蹟流傳區域

日本各地

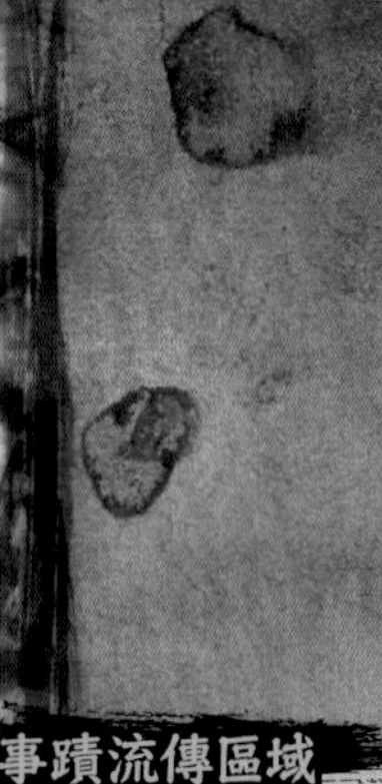

第一章　山林裡的妖怪　大蛇

插圖：難波吉備

妖怪故事

第三夜

「鍛冶之野蛇」

惹怒大蛇將使大地化為荒野

從前有名獵人住在深山的打鐵舖裡，某天他打到了一隻重達數十貫的大野豬，由於野豬的重量十分驚人，獵人無法獨力將野豬運回家中，於是他將野豬留在水神──大蛇棲息的蛇潭旁，返回村子請村民幫忙抬回野豬。

當獵人帶著村民回到蛇潭時，卻看到大蛇正要吞下這頭野豬，獵人一氣之下便回到打鐵舖，抓起一把大蛇最討厭的鐵屑撒入蛇潭中。

獵人的舉動惹惱了大蛇，大蛇在盛怒之下喚來暴風雨，雨勢引發的洪水沖垮了山脈、捲走了房舍，這場災難將村莊化為荒蕪的大地；從此以後，因大蛇發怒而遭夷為平地的地區（高知縣　多郡西土佐村一帶），就被人們稱為「鍛冶之野」或稱「鍛冶之谷」。

～出處不詳

妖怪故事

第四夜

「朝日山大蛇」

襲擊樵夫的大蛇作祟

從前，平柴村棲息著大入、小入2條大蛇，某天，名為忠兵衛的樵夫進入山中砍柴，他本想斬斷礙事的古木，卻沒料到那根古木其實是大入的身體，忠兵衛看見吃痛翻滾的大入驚訝不已，嚇得拼命揮舞斧頭劈砍大入，大入最後就遭忠兵衛砍死。

然而忠兵衛卻在殺死大入後動起歪腦筋，將其屍首帶回村中供村人賞玩，但這卻觸犯了大忌，忠兵衛在當天夜裡就因為大入作祟發狂而死，忠兵衛的家人、親友也相繼染上怪病，在3天之內全數身亡，不僅如此，凡是經過忠兵衛家門口的村民也都會被大入纏上窒息身亡；村民不堪其擾只得延攬高僧相助，並築起大入與小入的墳墓以慰兩蛇之靈，村莊的騷動才得以告一段落。

～取自「倉石本　朝日山大蛇之墓由來記」

妖怪專欄

在日本神話中登場的蛇妖

日本國內的巨大蛇妖數量雖然不是很多，但每一隻蛇妖的知名度都相當高，全是日本家喻戶曉的妖怪，而其中最具代表性的蛇妖，就屬在日本神話中登場的八岐大蛇；相傳八岐大蛇共有八個頭與八條尾巴，全長足以橫越八座山谷，口中能吐出有如火焰一般的毒氣。雖然八岐大蛇有時也被人們奉為山神和水神，但它每年都會誘拐人類女子為食，於是建速須佐之男命便趁其酒醉昏睡之際將其降伏，而八岐大蛇也正是日本俗諺「蛇飲」的由來；此外，日本神話中還有一種稱為「蛟」的水神也屬於蛇妖的範疇之內，蛟潛伏於中津國的川嶋河中（今岡山縣高梁川），時常襲擊過路的旅人，這條蛇妖後來中了一位名為縣守的人所設下之計謀遭到斬殺。另外，出現在鷺池平九郎激戰大蛇浮世繪中的黑蛇──「朽繩」，也是日本較為人所知的蛇妖之一。

月岡芳年「日本簡史 素戔嗚尊」

菊池容齋「前賢故實」

人型

山林

大太法師

創造山與湖的傳說巨人

能力　強度5

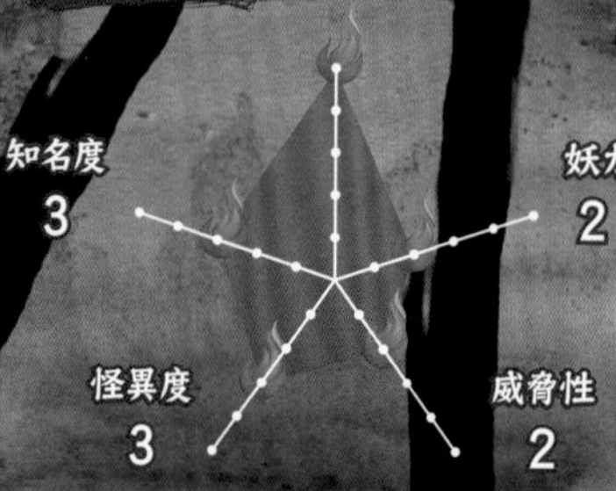

強度　5

相傳大太法師曾運用它巨大的身軀造出了富士山及琵琶湖，擁有一般妖怪無法比擬的怪力。

威脅性　2

身形巨大的大太法師雖然擁有強大力量，但卻從未傳出曾經傷害人類的傳聞。

大太法師是在日本各地創造山、湖的妖怪；所謂的「大太」就是指「大太郎」，意思是高大的人，根據地域不同其名稱也略有差異，如：大太郎法師、踏鞴法師等。由於大太法師的身軀相當高大，因此在茨城縣水戶市也留下大太法師曾於水戶市5公里外採集貝類為食，它堆在海岸旁的貝殼竟化為一座山丘的傳說。

事蹟流傳區域

除北海道、沖繩縣以外的地區

第一章 山林裡的妖怪 大太法師

插圖：鰺屋槌志

獸型

山林

土蜘蛛

於西方流傳的蜘蛛妖怪

土蜘蛛是貌似蜘蛛的巨大妖怪，據說其體積最小約有1～2公尺，最大甚至可達5公尺以上；土蜘蛛會在土裡築巢並以蜘蛛網捕捉蒼蠅為食，有時也會化身為美女或法師襲擊人類，根據記述了平安時代武將源賴光降伏土蜘蛛的故事——「土蜘蛛草紙」所述，源賴光曾於土蜘蛛腹中發現大量的人類骸骨。

古人所留下的繪畫

鳥山石燕《今昔畫圖續百鬼》的土蜘蛛：圖中描繪著土蜘蛛於巢中結網的景象。

能　力

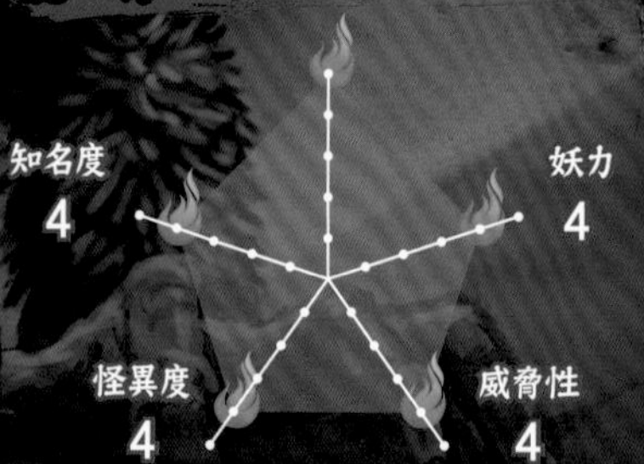

強度　5

土蜘蛛的身體可成長到5m以上，人類若遭土蜘蛛襲擊肯定會被啃得連骨頭都不剩。

怪異度　4

它的身體和手腳都與蜘蛛相同，但卻長了一張不人不鬼的臉孔，是外型極為詭異的妖怪。

事蹟流傳區域

京都府、奈良縣

第一章 山林裡的妖怪 土蜘蛛

插圖：藤川純一

妖怪故事 第五夜 「源賴光降伏土蜘蛛之1」

緊追飛天骷髏

某日平安時代的武將源賴光及其部下渡邊剛，沿途經過京城的北山蓮臺野時，眼前出現了一個漂浮於空中的骷髏，對此感到相當可疑的兩人便尾隨這具骷髏，來到一幢已經荒廢的大屋，賴光等人進入屋內之後，竟出現了無數的妖怪襲擊他們，不過賴光並不畏懼蜂擁而出的妖魔鬼怪，反而勇敢地擊退群妖，此時卻出現了一位美女，她朝著賴光丟出一朵圓球狀的白雲，在賴光拔刀斬開白雲之後那位美女隨即消失，僅留下一片白色的血跡；幾天後賴光等人跟著地上的白色血跡，一路追到了西山的洞窟之中，洞窟裡頭棲息著一隻巨大的蜘蛛，賴光在與蜘蛛一番激戰之後成功砍下它的腦袋。據說賴光從蜘蛛腹中挖出了超過１９９０個頭蓋骨。

～取自《土蜘蛛草紙》作者不詳

妖怪故事 第六夜 「源賴光降伏土蜘蛛之2」

化身為怪僧的土蜘蛛

有一次賴光罹患熱病倒下了，然而經過一個月的調養，賴光的病情仍舊不見好轉的跡象；一天夜裡，賴光身前出現了一名身高將近七尺的怪僧，他打算用繩子綁縛賴光，而睡夢中的賴光也立刻驚醒，隨即抄起名刀「膝丸」應戰，怪僧雖然不敵逃跑，卻在房間內留下了血跡。數日後，賴光便帶領部下渡邊綱、坂田公時、碓井貞光、卜部季武等人追蹤怪僧留下的血跡，一行人跟著血跡來到位於北野神社深處的一座墳塚，其中竟有一隻全長４尺的巨大蜘蛛；賴光一行人捕獲蜘蛛以後便將之以鐵刺串起曝屍於河岸，而賴光的熱病也立刻不藥而癒。這起事件落幕以後，名刀「膝丸」也就被世人譽為蜘蛛切。

～取自《平家物語 劍之卷》作者不詳

人型

手長足長

長手長腳的妖怪團體

古人所留下的繪畫

河鍋曉齋《手長足長圖》

事蹟流傳區域

東北、中部、九州

手長足長是流傳於東北與九州地區的妖怪，其外觀的傳說眾說紛紜，一說它是手腳皆長的巨人，另一說則認為是擁有長手臂的「手長」，以及長著一雙長腳的「足長」等兩個妖怪。秋田縣的部分地區認為這兩個妖怪是一對兄弟，福島縣則將其視為夫妻。相傳手長足長擁有能自由伸縮手腳的能力，可從山上捕捉居民及路過的行人。

獸型

鼬

操控火焰的鼬鼠怪物

古人所留下的繪畫

鳥山石燕《畫圖百鬼夜行》的鼬

事蹟流傳區域

東北、關東、中部、近畿、四國

棲息於森林、草原的鼬鼠，在存活了數百年後蓄積許多的魔力，最終轉化成為妖怪；據說成群的鼬不但是不祥的徵兆，它們還會噴發火柱引起火災。而根據各地的傳承不同，部分地區認為鼬變換身形的法術比起狐狸、狸貓更為高超，甚至有「狐狸七變、狸貓八變、鼬鼠九變」的說法；另外福島縣部分地區則會將鼬稱為「futikari」。

人型

山林

天狗

運用奇異法術的長鼻子大妖怪

天狗是日本人相當熟悉的紅臉長鼻子妖怪，它身穿山岳修行者的服飾、腳踩單齒木屐；其外表雖與人類相近，但卻能夠自由地在空中飛翔，並且運用神力改變天候、引起各種自然現象。四國人認為天狗非常討厭鯖魚，據說每當有人被天狗拐走時，只要呼喊「吃掉鯖魚的（人名）呀」就能找到失蹤者。

古人所留下的繪畫

鳥山石燕《畫圖百鬼夜行》的天狗，臉上長有猛禽般的鳥喙，身上也長滿了羽毛。

事蹟流傳區域

除北海道、沖繩縣以外的各個地區

第一章 山林裡的妖怪

天狗

能　力

強度 3

妖力 4

威脅性 3

怪異度 2

知名度 4

妖力　4

天狗擁有許多不可思議的道具，像是穿上就能隱身的「隱身蓑衣」、能夠看見遠方的「望遠眼鏡」。

知名度　4

天狗在日本各地留下了烏天狗、馬鞍天狗等各式各樣的傳說，可說是知名度極高的妖怪之一。

插圖：藤川純一

妖怪故事 第七夜「天狗神隱」

遭天狗誘拐的小孩

有一天，村裡的小孩子突然失蹤了，村民們雖然全員出動搜尋，但卻始終無法找到小孩，家人也只能為孩子舉辦葬禮。

此後隨著時光流逝，到了孩子失蹤的第四十九天，聚集在小孩家的親戚之一從緣側望向山中時，竟然看到下落不明的孩子飛越在樹枝之間，那名親戚見狀又驚又喜，急著要告訴眾人這個大消息，當一家人總算全都聚集到緣側外時，卻未見到小孩子的身影，眾人以為是看錯了，只得垂頭喪氣地離開。

但在數日之後，小孩家的家人卻親眼看見孩子在樹上飛行的身影，登時讓村子陷入一片騷動，而這起事件也就慢慢地讓村民們深信，這件事一定是天狗搞的鬼。

而村民們也再次展開了搜索行動，並且進入山中找尋孩子的行蹤，但無論村民們再怎麼尋找，仍然找不到小孩子的身影；在村民們逐漸放棄搜索之後，只剩下小孩的家人們日復一日地尋找孩子的蹤影。

也許是他們一心一意尋找孩子的身影終於感動了天狗，終於讓天狗動了歸還小孩的念頭；某天早晨，當孩子的父母醒來時，竟看見苦苦找尋的孩子就出現在他們面前，雖然孩子依然在睡夢之中，但還是讓父母親開心不已。

幾天以後，沉眠數日的孩子終於睜開眼睛，當他發覺自己已經回到家人身邊時，便高興得流下喜悅的眼淚；遭天狗誘拐的孩子告訴村民，他被天狗擄去的這段期間，天狗曾傳授他如何使用神通。

而這類被認為是出自天狗之手的神隱事件，也在日本各地廣泛流傳。

~取自日本各地的民間傳說

妖怪專欄

流傳於各地的天狗妖怪

天狗的歷史悠久綿長，甚至在《日本書記》中亦有記載，只不過當時並不稱作「天狗」，而是稱為「天狐」，而對其外觀的描述則眾說紛紜，一說它的樣貌類似狐、猿等生物，一說則稱它其實是天上星辰；至於紅臉上長著一根長鼻子，身穿山岳修行者服飾的現代天狗形象，則要到中世以後才逐漸成形。

天狗的形象一般而言雖與上述相同，但每位天狗的相貌卻有些微差異，就連名諱也會產生變化，舉例來說：鼻子特別高的就稱為「鼻高天狗」、尖鼻子的則是「木葉天狗」、長著鳥臉的是「鴉天狗」。

此外，在天狗之中擁有強大力量者並稱作「八天狗」，它們也和人類一樣有自己的名字，這八位天狗分別是：愛宕山的「太郎坊」、比良山的「次郎坊」、飯綱山的「三郎」、鞍馬山的「僧正坊」、大山的「伯耆坊」、彥山的「豐前坊」、大峰的「前鬼坊」、白峰的「相模坊」。

取自猩猩周磨（河鍋曉齋）《僧正坊與牛若丸》中的鞍馬天狗（國際日本文化研究中心館藏）

取自一魁齋芳年（月岡芳年）《美勇水滸傳》中的木曾駒若丸義仲

取自牧墨僊《滑稽灑落狂畫苑》中的天狗之戲（國際日本文化研究中心館藏）

異形

山林

塗壁

能夠不斷延伸的隱形牆壁

流傳於福岡縣的妖怪，行經夜間道路時，會有一道隱形的牆壁突然現身擋住去路，這道牆壁甚至會左右移動，令行人無法繞道而行；據說這種現象就是塗壁造成的，如果不用棍棒在牆下驅趕，牆壁就不會消失，行人也無法繼續前進；而長崎縣也流傳著在夜間擋道的妖怪——塗坊的事跡，同樣也是隱形的牆壁擋住去路的情形。

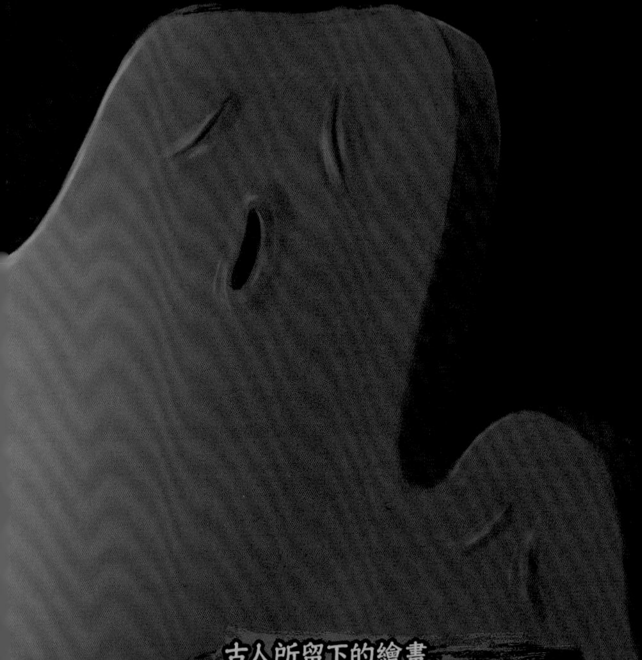

古人所留下的繪畫

取自楊百翰大學 Harold B Lee 圖書館館藏妖怪繪卷中的塗壁

事蹟流傳區域

高知縣、福岡縣、長崎縣

第一章 山林裡的妖怪　塗壁

怪異度　3

深夜中行走於道路上時，突然被看不見的事物擋住去路無法前進，著實令人毛骨悚然。

知名度　4

雖然其事蹟並無流傳於日本各地，但由於受到各類漫畫作品影響，令其知名度水漲船高。

　插圖：藤川純一

人型

山林

饑神

被附身之後就會餓肚子

流傳於近畿、四國等西日本地區的妖怪，一般認為它就是餓死者的亡靈，一旦被饑神附身就會因為飢餓而動彈不得，最糟的情況下甚至會就此餓死，據說被饑神附身時只需攝取少量食物，或是在手上寫下米字後舔舐就能獲救；相傳饑神之名源自於「疲勞」、「飢餓（饑饉）」等詞。

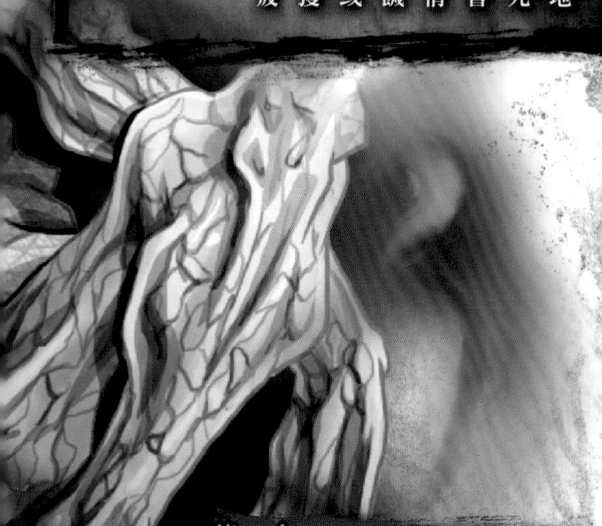

能力

強度	妖力	威脅性	怪異度	知名度
1	3	3	3	3

威脅性　3

一旦遭饑神附身便會產生飢餓感，若是置之不理就會餓死，據說身旁沒有食物時，只需在手上寫下米字舔舐即可。

知名度　3

雖然各地對於其特性與應對方式略有不同，但饑神也是流傳於西日本各地的妖怪。

事蹟流傳區域

近畿、四國、九州

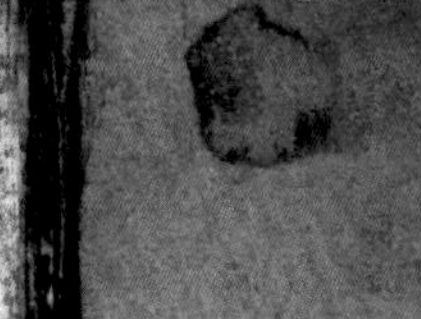

第一章 山林裡的妖怪 饑神

古人所留下的繪畫

取自《妖怪歌牌》中的饑神；一般認為圖中描繪了由餓死的旅人化成的饑神。

插圖：合間太郎

獸型

古樵

迴盪於山間的詭異聲響

古人所留下的繪畫

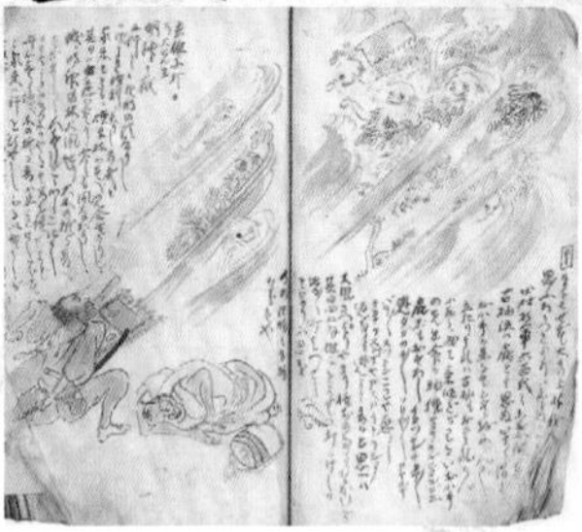

取自《繪本集草》中的古樵 作者不詳

事蹟流傳區域

四國

流傳於高知縣、德島縣等四國地區的山林妖怪；每逢深夜就會從山中傳來砍伐樹木的聲音，當樹木遭砍倒的聲音傳出後，就會立刻發出轟然巨響，但循聲前往傳出聲音的地點時，卻無法找到任何砍伐木材的痕跡，而引起這種不可思議現象的正是古樵，相傳古樵的真面目其實是被砍倒的樹木打死的樵夫亡靈。

獸型

百足

擁有無數蟲足的巨大妖怪

古人所留下的繪畫

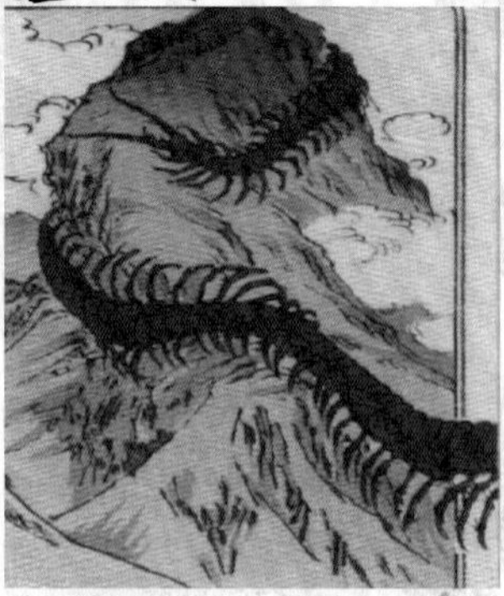

J.Dautremer《大百足》
（國際日本文化研究所館藏）

事蹟流傳區域

不詳

百足妖怪的事蹟流傳於日本各地的民間傳說，以俵藤太的大百足退治最著名。某日，受到棲息於琵琶湖的龍神一族所託，前去降伏大百足的俵藤太帶著弓箭來到三上山，這時出現在他眼前的巨大妖怪就是身長足以纏繞高山七圈半的大百足。藤太將妖怪最害怕的人類唾液沾上箭頭，在向八幡神祈禱後射出箭矢，成功降伏了大百足。

獸型

山彥

於山間迴盪的奇妙聲響

古人所留下的繪畫

取自左脇嵩之《百怪圖卷》中的山彥

事蹟流傳區域

中國、四國

山彥指的是山中各種聲響的迴音，但古代人卻認為這種聲音，是一名稱作山彥的妖怪所造成，當時這種妖怪也被稱為「幽谷響」，也有人認為這種稱為山彥的聲響，是山男、天狗、天邪鬼等妖怪在模仿人類發出的聲音；此外，山彥在島根縣則被視為山神手下的怪物，它會模仿進入山中的人們所發出的聲響。

人型

山童

河童入秋後的化身

古人所留下的繪畫

取自北齋季親《化物盡繪卷》中的山童
（國際日本文化研究所館藏）

事蹟流傳區域

九州

流傳於九州地區的妖怪，貌似孩童、全身為細毛覆蓋、腳長，據說能通人語，關於其真實樣貌眾說紛紜，多數地區認為河童在入秋後便會進入山中化為山童，待大地回春後才會再次返回河中；此外，若是撞見山童正要回到河中的情形，據說目擊者便會大病一場，不過若能和山童打好關係，它也會幫忙在山中工作的人。

人型

山林

山姥

相貌看似可怕但其實很溫柔？

從東北至九州都留下了事蹟的女妖怪，它眼神銳利、嘴巴可開到耳朵旁、長著一頭倒豎的長髮，平常居住在深山之中，但有時會下山來到人類居住的村落，並且拐走村裡的小孩吃，雖然世人一般對山姥存有這種強烈的可怕印象，但它也會為和善的人帶來財富，甚至會幫助對方順利工作，因此有時也會將它視為山神供俸。

古人所留下的繪畫

取自北齋季親《化物畫藏卷》中的山姥（國際日本文化研究所館藏）

能　力

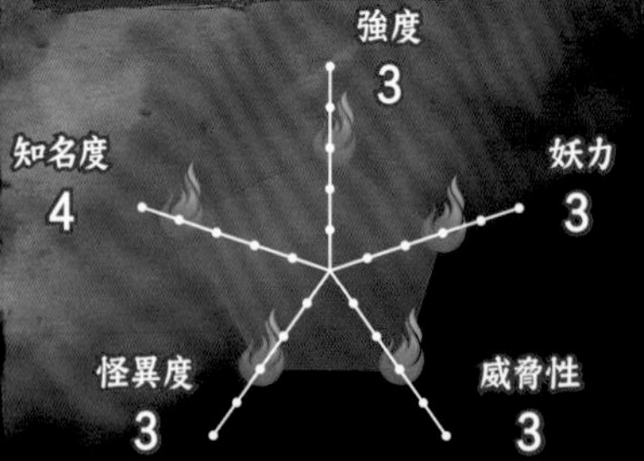

怪異度　3

即使目光如炬、血盆大口的山姥是個好妖怪，但其外表著實令人不寒而慄。

知名度　4

山姥的民間故事及傳說於日本境內廣泛流傳，過去也有許多人對其存在深信不疑。

事蹟流傳區域

除北海道、沖繩以外的各個地區

第一章 山林裡的妖怪　山姥

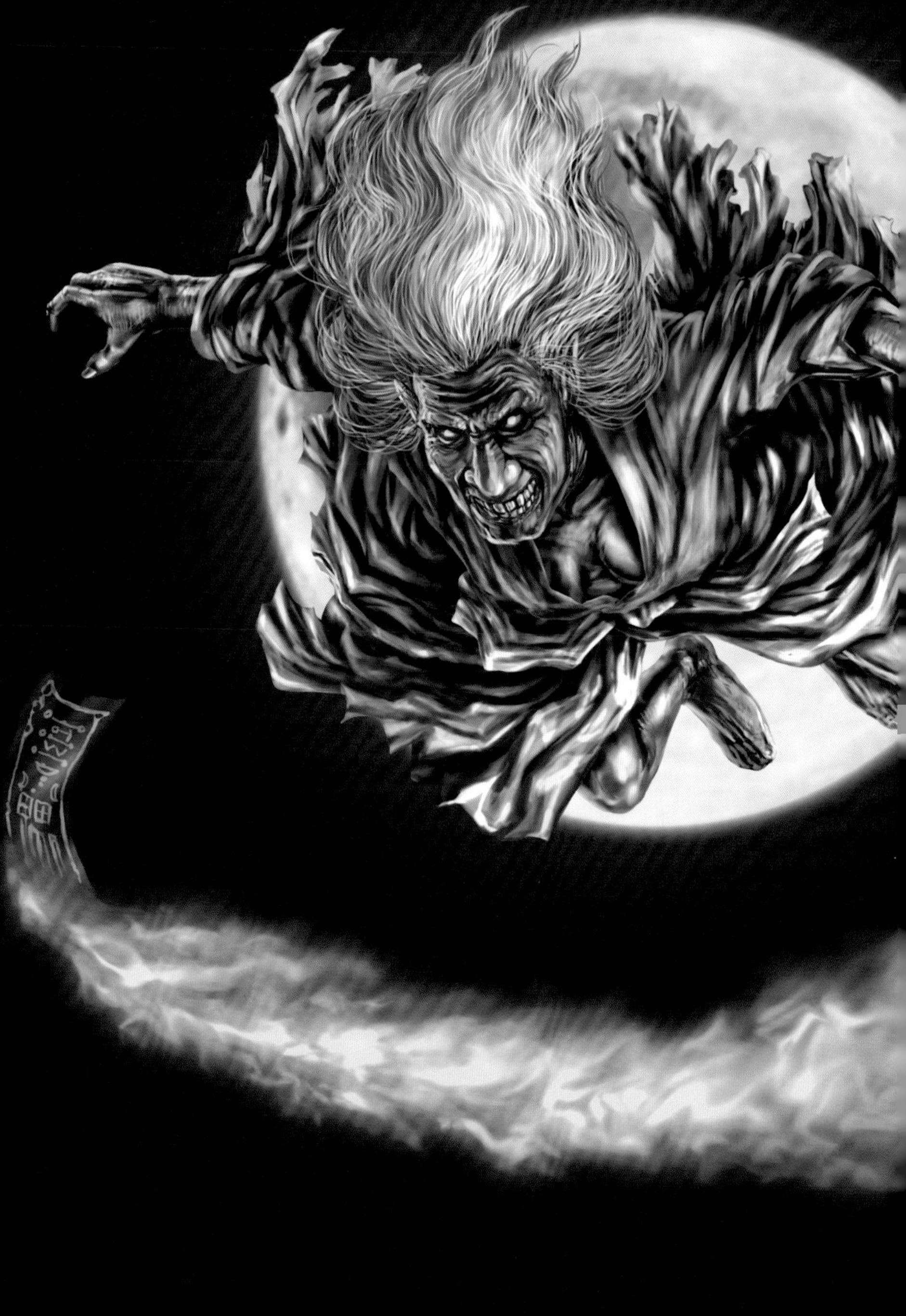

插圖：難波吉備

妖怪故事 第八夜「三張符咒」

保護小和尚免遭山姥毒手的三張符咒

從前有座寺廟裡住著一位老和尚和小和尚，一天，小和尚吵著要到深山中撿栗子，老和尚拗不過他，只得讓小和尚帶著三張符咒上山。

小和尚到了山上以後，便一心一意的撿拾栗子，不知不覺太陽下了山，天色也漸漸暗了下來，正當小和尚慌亂地不知所措時，眼前卻出現了一位老婆婆，老婆婆對他說：「到我家住一晚，明天天亮再走吧」，於是小和尚便決定跟著老婆婆回家。

小和尚到了老婆婆家以後，便吃了許多撿來的栗子果腹，並且滿足地沉沉睡去，但在他睡到深夜時卻聽見了東西碰撞的聲響，被這陣聲音吵醒的小和尚悄悄地向房間裡窺探，想不到映入眼簾的卻是一個頭頂長角、擁有血盆大口的山姥；感到害怕的小和尚請山姥讓自己去一趟廁所，然而山姥不斷在廁所外不停催促道：「好了嗎、好了嗎」，於是小和尚命令符咒代替自己回答：「還沒好」，隨後就從窗戶逃走了。

遲遲等不到小和尚出來的山姥覺得十分奇怪，便偷偷地往廁所裡窺探，卻只見到裡頭只有一張符咒，山姥發現小和尚逃跑之後，便立刻追了出去。

正當小和尚即將被山姥追上時，他立刻使用了第二張符咒變出河流，打算拖住山姥的腳步，但山姥卻把河水一飲而盡；小和尚緊接著用上第三張符咒變出一片火海，可是山姥竟把剛才喝乾的河水吐出來撲滅了火勢，再度追上小和尚。

好不容易逃回寺廟的小和尚，立刻向老和尚說明事情的經過，隨即進入壺中躲藏，趕到寺廟來的山姥雖然向老和尚質問小和尚的藏身之處，但老和尚非但不回答，還對山姥挑戰變化法術。

他先要山姥變得和山一樣巨大，再讓她變得和豆子一樣小，趁山姥變小之際一把抓起，並且立刻將她一口吃下肚。

～日本各地的民間傳說

妖怪專欄

妖怪之旅2～天狗篇

許多地區都將天狗視為山神，並設置供俸的場地，而各式各樣的天狗神社佛寺，都是以有名有姓的「大天狗」居住山陵為中心發展。

被譽為日本第一大天狗的「太郎坊」，其神社就是愛宕山總本宮「愛宕神社」（京都府京都市右京區嵯峨愛宕町），擁有鞍馬天狗這響亮名號的「僧正坊」，則供俸於鞍馬山「鞍馬寺」（京都市左京區鞍馬本町），以防火著稱的「三尺坊」則位於秋葉山本宮「秋葉神社」（靜岡縣濱松市天龍區春野町領家），九州大天狗代表「豐前方」居住的英彥山上則有「豐前坊 高住神社」（福岡縣田川郡添田町），於《雨月物語》中登場，並撫慰了崇德上皇的「相模坊」，它所居住的白峯山上則建有「白峯寺」（香川縣坂出市青海町）。除此之外，關東的「高尾山」（東京都八王子市高尾町）、「加波山」（茨城縣櫻川市真壁町長岡）等地，皆是以天狗信仰聞名的地區。

還有其他與天狗有關的地點，例如：和式點心店「園八本店」（石川縣白山市成町）中，便流傳著「紅豆麻糬的作法是授自於天狗」的有趣說法，而相傳天狗留下悔過書的「佛現寺」（靜岡縣伊東市物見之丘），都會於每年8月16日開放參觀天狗的悔過書，但佛現寺並非觀光寺院，因此務必多加留意。

插圖：難波吉備

人型

山林

雪女

現身於雪山之中的美女妖怪

她是時常出現在民間故事中的雪山妖怪，一般認為雪女會奪走旅人的靈魂，或是將他們推落谷底，甚至會將其凍成冰柱；另外，抱著嬰兒的雪女會將懷中嬰兒交予路人，隨後便立刻消失，此時手中的嬰兒會逐漸變重，最終將抱著嬰兒的人埋進雪堆中殺死。基本上雪女的樣貌大多是美麗女子，但有時她也會以獨眼獨腳的詭異型態出現。

古人所留下的繪畫

取自北齋季親《化物畫繪卷》中的雪女，圖中的雪女微微地浮在雪地上

能　力

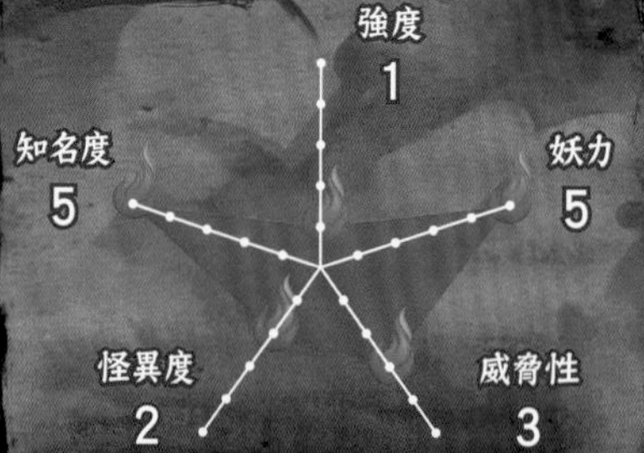

威脅性　3

其特徵隨著說法的改變而不同，但她多數時候都會取走旅人的性命，是個危險的妖怪。

知名度　5

即便在小孩子的童話故事中，雪女的故事也相當受到歡迎，其知名度自然不在話下。

事蹟流傳區域

東北、關東、近畿、中國

第一章 山林裡的妖怪 雪女

插圖：月岡 kei

妖怪故事 第九夜「雪女」

遭毀約後回到山中的女子

從前有座村落住著兩位樵夫，一位是名叫茂作的老人，另一位則是受雇於茂作的少年，他的名字是巳之吉；他們兩人每天都得到森林裡工作。

有一天，茂作與巳之吉結束工作後，在返家途中遭遇了大風雪，他們只得到山中小屋休息並等待風雪平息；不久後兩人就沉沉地睡去，但沒過多久巳之吉就被打上臉龐的飛雪冷醒，當他在房間裡張望時，竟看到一名身穿白衣的女子蹲在茂作身旁，在女子吐出一口氣之後茂作立刻就被活活凍死。接著女子便朝向自己走了過來，正當巳之吉以為自己也會和茂作一樣被她殺害時，女子卻微笑著輕聲對他說道：「看在你還年輕的分上我可以放你一馬，但條件是你絕不能將今晚發生的事告訴任何人」

女子說完以後就消失了，而平安回到村裡的巳之吉，也遵守著與這名女子的約定，過著與往常一般的生活；一年後的某個隆冬深夜裡，巳之吉與偶然遇見了旅人小雪，並且請她到家裡過夜，由於小雪長的美麗動人，性格又十分善良，因此巳之吉的母親相當中意這個女孩，而巳之吉與小雪也順利的結為夫妻。

兩人也生下了幾個孩子，一家人過著幸福快樂的生活，有一天，巳之吉看著正在做女紅的小雪，不禁回憶起那個下大雪的夜晚，遇見了雪女的往事，當她向小雪說起雪女的事情時，她的臉色卻沉了下來。

「那天晚上的雪女就是我，那天我明明和你說好不能將這件事告訴任何人，但你卻破壞了這個約定，雖然我非殺了你不可，但是這麼一來孩子們就太可憐了。」

小雪滿懷悲傷地向他說完後，便留下巳之吉一個人，化作一道白霧後便消失的無影無蹤了。

～取自小泉八雲《怪談》中的雪女

妖怪專欄

石頭也是妖怪？各種奇石

在日本各地皆有石頭哭泣的傳說，而石頭也可說是妖怪的伙伴之一，以下便舉幾個例子介紹吧。

首先介紹最知名的德島縣的「背負石」（德島縣德島市城南町）；相傳這塊石頭每到夜晚便會發出「背我」的聲音，有一次一名相撲力士聽見這個聲音後就將石頭背起，但石頭卻越來越重，力士走沒幾步便弄掉了石頭，這塊石頭也就摔碎了。

雖然日本各地都有夜晚哭泣的「夜啼石」傳說，但其中當屬「遠州七不思議」中的「小夜中山夜啼石」（靜岡縣掛川市佐夜鹿）最著名；從前有位名叫小石的孕婦遭盜賊殺害，她死後對腹中胎兒的思念依附在附近的石頭上，據說每到夜裡便會發出啼哭的聲音。

群馬縣的「囀石」（群馬縣吾妻郡中之條町）則是顆能夠說話的石頭；據說從前有個男人為了尋仇而踏上了旅程，途中就睡在囀石上，突然間石頭竟向他說出仇敵的藏身處，這個男人也因而得以順利復仇。

而較為特別的則是稱為「拍打石」（廣島縣廣島市中區大手町）的石頭，雖然也有一種會在半夜拿棒子敲打疊席、稱為「敲席妖」的妖怪，但西日本則稱之為「拍打」，這種石頭也屬於同一類別的妖怪，相傳這是由寄宿在拍打石的精靈所造成的現象。

取自龍齋閒人正澄《狂歌百物語》中的夜鳴石

取自鳥山石燕《今昔百鬼拾遺》中的殺生石（→參照 141 頁）

妖怪專欄

討伐鬼頭目的源賴光

源賴光是生於平安時代中期的武將，他曾與各式各樣的妖怪交手，是位從未敗北的著名妖怪獵人，他高超的武藝與勇猛自然是不在話下，但他的四位部下：渡邊綱、坂田公時、碓井貞光、卜部季武也是優秀的武將，他們四人也被稱為「賴光四天王」。

說到賴光降妖伏魔的場面，則以23頁中所介紹的酒吞童子故事最為知名，不過他的故事可不僅止於此，例如在京都蓮臺野捕食大量人類的土蜘蛛（↓44頁），也是由賴光等人所降伏，即使一度和使用咒法的土蜘蛛陷入苦戰，但他們還是漂亮地將其制伏；此外，世人稱之為酒吞童子之子的鬼童丸，也是他們斬殺的妖怪之一，雖然鬼童丸曾打算伺機奪取賴光性命，但仍舊被賴光看穿反而遭到制伏。而四天王之一的渡邊綱也曾砍下於平安京正門作惡的羅城門之鬼一隻手腕，他們身為妖怪獵人的功蹟，可說是特別地出眾閃耀。

《大江山繪卷》作者不詳

歌川芳艷《大江山酒吞退治》

妖怪專欄

曾與妖怪交手的名將們

與源賴光同樣生於平安時代中期的武將藤原秀鄉，也是一位相當有經驗的除妖老手，他有個綽號叫「俵藤太」，甚至還存有記錄其事蹟的《俵藤太繪卷》。

藤太曾除掉三上山及田原市街等地的百目鬼，以及各式各樣的怪物，至於斬殺百足的故事已記於56頁處，因此這裡僅介紹降伏百目鬼的故事。

在藤太經過下野國（今櫪木縣宇都宮市）時，遇見了身長超過3m、手上長著百餘個眼睛的百目鬼；藤太抽出弓箭射穿鬼手之中發光的眼睛，百目鬼隨即發狂似地逃竄，據說它的身體最後噴出了火焰，將周圍化為一片火海。四百年後，百目鬼化為人類女子作惡，不過它在本願寺住持智德上人的教化下終於誠心改過，據說百目鬼當時將自己的角折斷並將指甲獻給神明；而宇都宮市中的「百目鬼路」，也是源自於這個傳說。最後要介紹的妖怪獵人，則是豐臣秀吉的麾下武將加藤清正，他是建下於文祿・慶長之役中制服老虎、鎮壓天草五人眾起義等功績的武者，但他也曾經留下降妖伏魔的故事。

根據立於熊本縣八代市本町球磨川河口的石碑記載，唐朝時以黃河為根據地的河童一族，跨越海洋來到球磨川定居，然而它們的數量卻在不知不覺中暴增到九千隻；也許是族群變大後讓他們更為猖狂，由族長九千坊統領的河童們，搗蛋行徑日漸惡劣，終於害得一位少年溺死河中。這名少年是加藤清正相當中意的隨從，當他得知少年的死訊以後暴跳如雷，於是聚集了九州的所有猿猴向河童們宣戰，當時清正聚集的猿猴數量已不得而知，但卻足以讓膽大包天的九千坊不戰而逃；此後，河童們就在久留米的有馬公同意下移居到筑後川之中。

妖怪專欄

日本各地的七怪談1 ~本所的七怪談

舉凡於各地區、場所發生的七個奇妙現象、傳說，地點就稱為七怪談，由於校園內也有怪談存在，相信對怪談一詞應不陌生，事實上在日本各地區也流傳著七怪談的傳說，雖然仔細數來怪談數量有時甚至會超過七個，不過其中與妖怪相關的怪談也所在多有。

例如在東京都墨田區本所，就有自江戶時代流傳至今的「本所七怪談」，這類怪談不但蔚為話題，甚至演變為落語的題材。

其中最著名的就屬「置行堀」，若在護城河釣魚時就會傳出「給我放下」的可怕聲音，釣客逃跑後再度回頭查看竹籠時，裡頭的魚早就不見蹤影，雖然對這是何種妖怪所為眾說紛紜，但一般認為這應是河童或狸搞的鬼。

而「足洗邸」則是發生在三笠町（今墨田區龜澤）的一處宅邸中，據說每到夜晚都會發出「給我洗腳」的聲音，隨後一隻巨大的腳就會從天花板出現。至於「貍宴」則是能聽到不知從何處傳來的宴會聲響，卻遍尋不著聲音來源，然而在追尋聲音的過程中就被埋進地上的故事。

除此之外，本所七怪談尚有：「夜送提燈」、「夜送拍子木」、「無燈蕎麥」、「單葉蘆葦」、「不凋椎木」、「津輕太鼓」等等。

歌川國輝《本所七不思議之內 置行堀》

歌川國輝《本所七不思議之內 足洗邸》

第二章

河海妖怪

變化莫測的水岸邊，總會忽然化為通往異世界的入口。從深不見底的沼澤與狂亂的大海中，妖怪們不斷的……湧出。

人型

河海

洗豆妖

從黑暗中傳來淘洗紅豆的聲音

它是會在半夜的河邊或井邊發出淘洗紅豆聲音的妖怪，平時只能聽到它發出的聲音，無法見到洗豆妖的真面目，部分地區則有它會唱著：「來洗小豆吧，來吃人類吧，窸窸窣窣……」的歌迷惑人心；此外民間也流傳著，洗豆妖是擅長數數的小和尚被丟入井中殺害後，靈魂便化成淘洗紅豆的妖怪。

古人所留下的繪畫

取自竹源春泉《繪本百物語》中的洗豆妖，途中也一併記下小和尚遭殺害後，靈魂化為洗豆妖的故事。

能　力

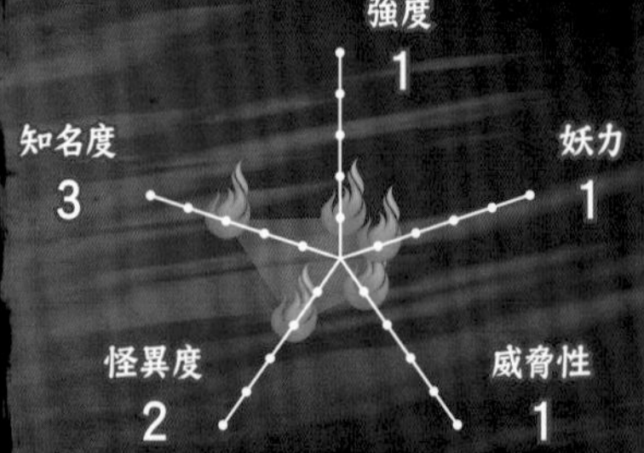

威脅性　1

洗豆妖雖然會發出詭異的聲響迷惑人心，但並不會加害於人類。

知名度　3

它的故事傳遍日本各地，亦有人稱之為「小豆淘」、「小豆洗」、「窸窣小豆」。

事蹟流傳區域

除北海道、沖繩縣以外的各個地區

第二章 河海妖怪

洗豆妖

插圖：藤川純一

異形

安宅丸

寄宿著靈魂的巨大軍艦

古人所留下的繪畫

《御船圖》中的安宅丸

事蹟流傳區域

東京都、神奈川縣

安宅丸是戰國時代的巨大戰船，相傳它是一艘寄宿著靈魂的船，雖然長年被安置於江戶，但它卻在某個暴風雨的日子裡喊著：「去伊豆吧，去伊豆吧」，隨後便擅自出航，之後便在三浦半島附近遭到圍捕並且解體；但據說，當時將分解後的船體材料掩埋之際，將蓋子蓋上那人的妻子便被安宅丸附身，從此以後行跡就變得十分詭異。

人型

阿瑪比埃

究竟是妖怪還是神使

古人所留下的繪畫

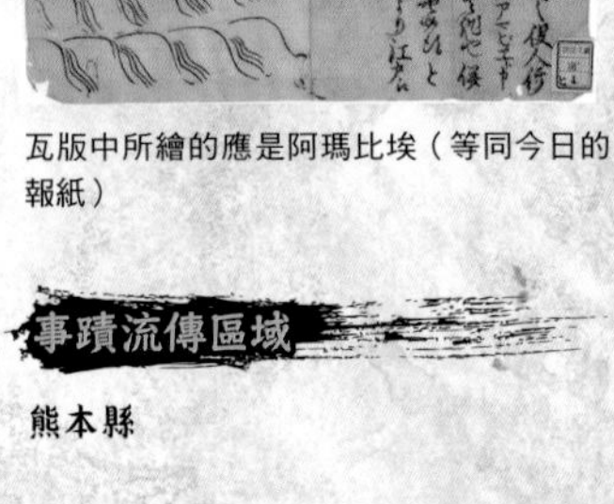

瓦版中所繪的應是阿瑪比埃（等同今日的報紙）

事蹟流傳區域

熊本縣

它是江戶時代出沒在肥後國（今熊本縣）的半人半魚妖怪，亦稱瑪瑪比可。一位官員因為聽說海裡每晚都會發光，便前去一探究竟，這時一名自稱阿瑪比埃的妖怪現身，並對他說：「此後六年都會大豐收，但要是瘟疫流行時，就畫出我的樣子讓大家看吧」，說完就再次返回海裡；據說它頭髮很長，臉上長著鳥喙，形貌極似人魚。

獸型

伊口（海怪）

噴灑油脂的海中怪物

伊口是有如鰻魚般的巨大怪魚，妖怪畫家鳥山石燕所畫的海怪，應該就是在畫伊口沒錯；據說其體長簡直無法估計，它的身體要跨越船隻得花上2、3天的時間；不僅如此，由於伊口身上會噴濺出大量油脂，船員為防止船身下沉只得不斷從船內抽出油脂。

古人所留下的繪畫

鳥山石燕《今昔百鬼拾遺》中的海怪（伊口）

事蹟流傳區域

茨城縣、近畿、九州

獸型

磯撫

以尾針將人類鉤入海底

於西日本近海出沒的妖怪，外貌與鯊魚十分相似，尾鰭上倒長了一根針，當北風逐漸轉強時它就會現身，只要有漁船經過，它就會用尾巴上的針將船員拖入海裡吃掉，由於這幅情景狀似魚尾輕撫人類，它也因此獲得磯撫的名號，另一說則是它是以有如輕撫海面般的方式接近而得名。

古人所留下的繪畫

竹原春泉《繪本百物語》中的磯撫

事蹟流傳區域

三重縣、佐賀縣、長崎縣

人型

河海

磯女

吸取活人血液的吸血女

會出現在磯石或海灘上的女妖怪，據說上半身是一位長髮美女，下半身則有靈體般模糊，或說它有著龍與蛇的下半身；據說磯女會利用纜繩（船隻連接陸地的繩索）爬入船中，再以毛髮吸取船員的血液，因此停泊於九州沿岸的陌生土地時，多半有使用船錨而非纜繩固定船身。

能　力

強度	妖力	威脅性	怪異度	知名度
2	3	4	2	2

威脅性　4

它是會吸取人血的可怕妖怪，部分地區甚至有磯女會發出震耳噪音的傳聞。

妖力　3

它能使用長髮捆住人類、或是趴在睡著的船員身上，利用頭髮前端吸取血液。

事蹟流傳區域

九州

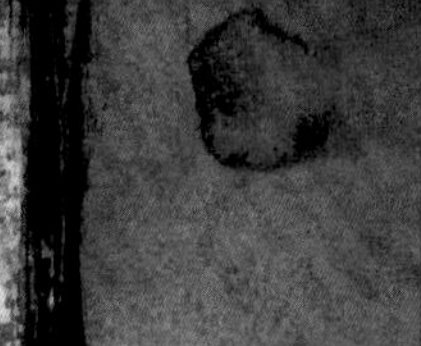

第二章 河海妖怪

磯女

插圖：難波吉備

人型

河海

岩魚坊主

化身為僧侶訓誡人類

幻化為僧侶的魚妖；過去曾有某個村落中的年輕人下毒捕魚，當時出現了一位僧侶阻止他們，年輕人們給了他一些食物後就將他趕走，但就在他們再度開始捕魚時，水中竟浮現一隻巨大的岩魚，他們頗開魚腹之後竟發現裡頭裝著他們剛才拿給僧侶的食物，這群年輕人嚇得再也不敢下毒捕魚了。

能力

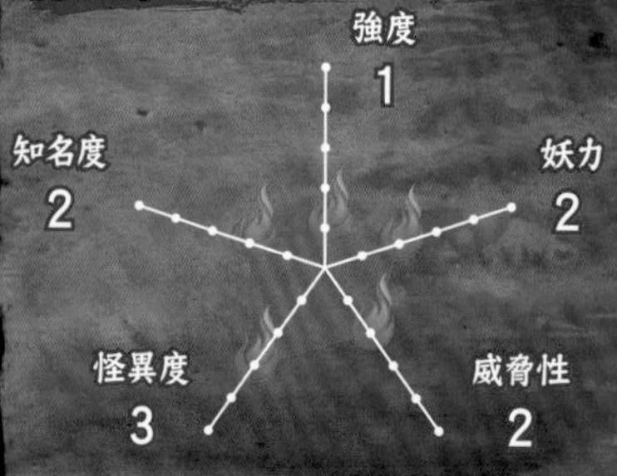

強度 1

它雖沒有特殊的力量，但卻是會為了阻止人們在水裡下毒，願意犧牲自己的可敬妖怪。

怪異度 3

從巨大岩魚的肚子裡發現米飯與味噌湯等人類食物，任誰都會嚇得瑟瑟發抖吧。

事蹟流傳區域

東北、關東、中部

岩魚坊主

古人所留下的繪畫

三好想山著《想山著文奇集》中的岩魚化為坊主奇事，這是一部著於江戶時代的奇聞軼事隨筆集，途中右上者就是岩魚坊主。

插圖：難波吉備

獸型

河海

牛鬼

外貌與牛一般的可怕鬼怪

一般認為牛鬼是擁有牛頭鬼身、鬼頭牛身，又或是長有牛角的鬼頭大蜘蛛。據說牛鬼不但凶暴、殘忍，一般人光是看到它就會大病一場，如果影子被牛鬼吃掉就會死亡，諸如此類對人畜有害的說法相當多；另外還有牛鬼會與一名懷抱嬰孩的女子一同出現一說，若有人接過嬰兒的話，孩子的身體就會變得和石頭一樣重，而牛鬼就會趁著他動彈不得時襲來。

古人所留下的繪畫

北齋季親《化物畫繪卷》中的牛鬼，擁有巨大的蜘蛛身體、可怕的鬼臉與黃色的牛角，正是這種妖怪的特徵，而在它足部前方還長著鐮刀般的爪子（國際日本文化研究所館藏）

事蹟流傳區域

中部、近畿、中國、四國、九州

第二章 河海妖怪

牛鬼

能力

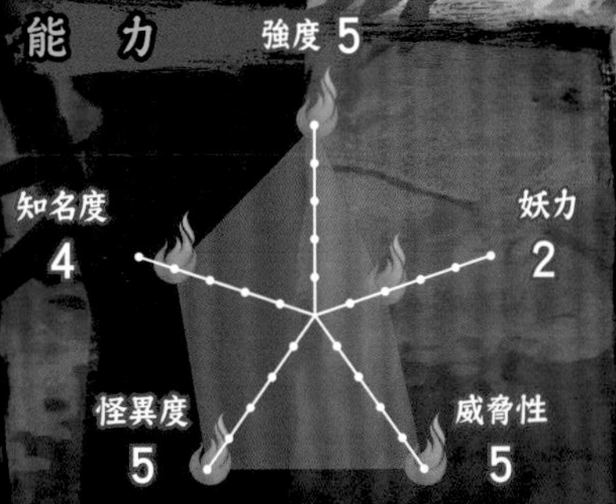

威脅性 5

它不但是流傳已久的可怕鬼怪，平安時代的書籍《枕草子》，甚至將它列為最可怕鬼怪之一。

知名度 4

牛鬼是愛媛縣宇和島市地區的祭典主角，而和靈神社祭中以牛鬼為主體的神轎，更可說是最具知名度的祭典。

插圖：ISHI

人型

河海

產女

懷抱嬰孩徘徊的亡靈

據說產女是因難產而死的孕婦，死後對孩子的強烈思念所轉化而成的亡靈，每到夜晚她就會出現道路、河岸，並且要路過的人們抱她手上的小孩，雖然接到手裡的孩子會越來越重，但只要能抱住孩子她就會授與那人強大的力量；另外尚有一說認為產女是鳥的化身，不過這種說法應是源自於中國的妖怪「姑獲婆」而來。

古人所留下的繪畫

左脇高之《百怪圖卷》中的產女。

能　力

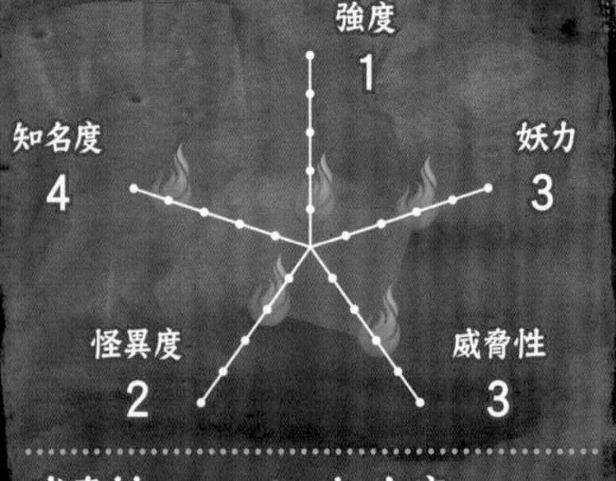

威脅性　3

據說產女因死於生產之際，所以其下半身都染上了一片血紅，是人們絕不會想在半夜裡遇見的妖怪。

知名度　4

產女非但是曾出現於《今昔物語》中的古老妖怪，而後也成為京極夏彥熱門小說《姑獲鳥之夏》的主題。

事蹟流傳區域

除北海道、沖繩縣以外的各個地區

第二章 河海妖怪

產女

插圖：月岡 kel

人型

河海

海坊主

於海上現身的黑色巨人

相傳它是會在深夜的大海上現身的巨大妖怪，尚有「海入道」、「海法師」等各種別稱，不但會為看到它的船員帶來不幸，還會將人拖進海底並弄沉船隻；全身漆黑的海坊主在外觀上則會隨著地區不同而改變，例如眼睛的有無就眾說紛紜，另外還有長著鳥喙、身上生滿毛髮等各種說法。

事蹟流傳區域

除北海道、沖繩縣以外的各個地區

海坊主

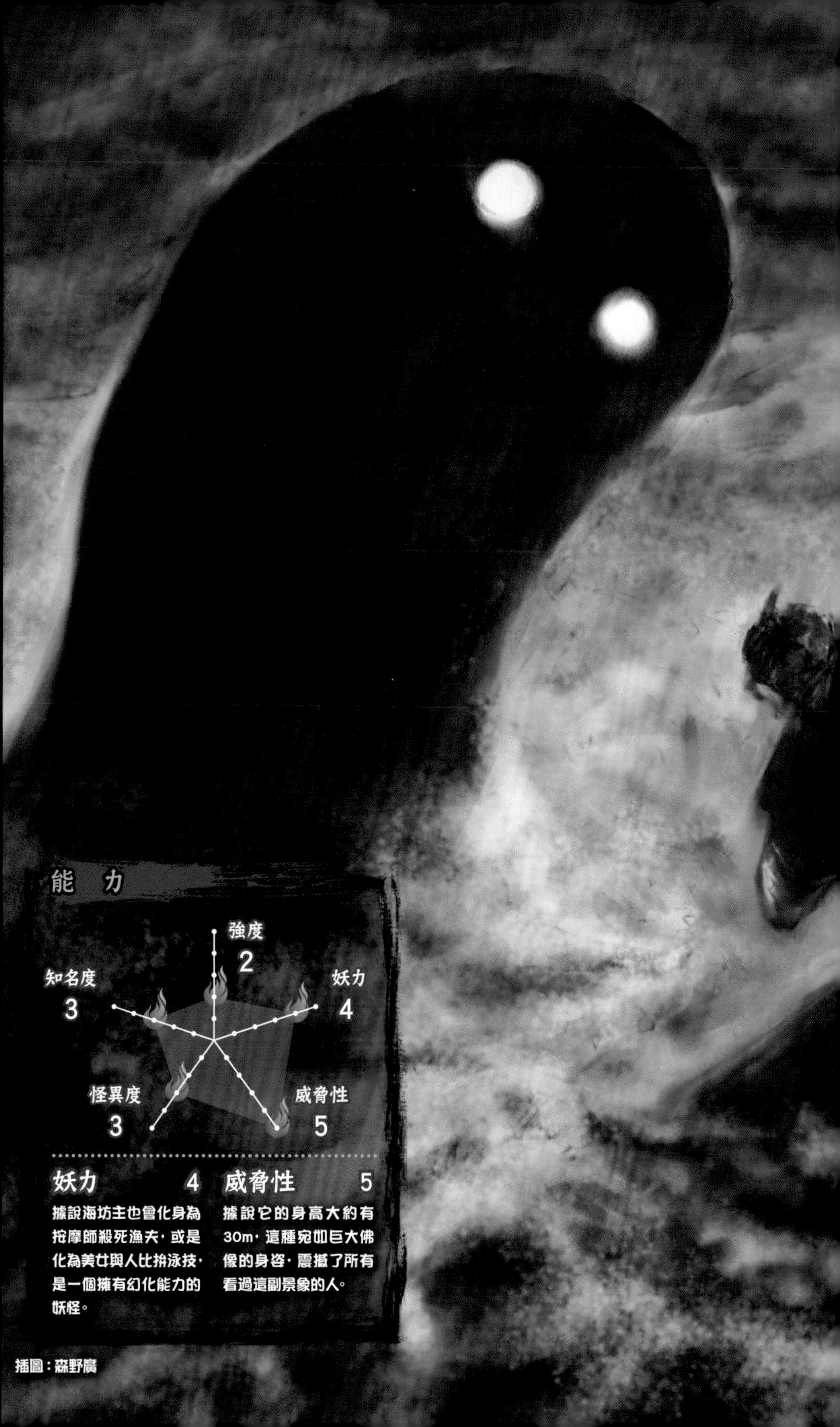

能力

強度
2
妖力
4
威脅性
5
怪異度
3
知名度
3

妖力 4

據說海坊主也會化身為按摩師殺死漁夫，或是化為美女與人比拚泳技，是一個擁有幻化能力的妖怪。

威脅性 5

據說它的身高大約有30m，這種宛如巨大佛像的身姿，震撼了所有看過這副景象的人。

插圖：森野廣

妖怪故事 第十夜「海坊主的傳說」

懲罰魚小偷的海坊主

在宮城縣一座稱為網地島的小島上供奉著一尊龍神，當地島民出海捕魚之際都會為龍神準備鮮魚，並向祂祈禱漁獲豐收。

然而島上卻有個名叫甚兵衛的男人，卻時常偷吃島民為龍神準備的鮮魚；某天甚兵衛又如往常般偷了鮮魚回家，在他喝醉酒睡著之後，外頭卻不知不覺地颳起暴風。

「你好、你好」

睡夢中的甚兵衛聽到這陣呼喚聲後便醒了過來，但他打開窗戶一看卻沒見外頭有半個人影，當他疑惑地走出家門時，竟出現一隻黏滑的手抓住了甚兵衛。

「喂、甚兵衛，龍神的魚是屬於我的，我要吃了你這個偷走魚的傢伙，給我到海裡來。」

那隻手的主人正是高大、漆黑的海坊主，海坊主抓住了甚兵衛打算將他拉出門外。

「我錯了，我不會再偷魚了，請放過我吧！」

使勁全力抱住了房柱的甚兵衛，深怕一鬆懈就會被海坊主吃掉，嚇得他不敢放手。

「唔－嗯，可惜我肚子餓使不上力，那麼我就拿走你的馬代替吧。」

話一說完，海坊主就消失得無影無蹤，而甚兵衛也就此暈了過去，第二天早晨他醒來以後便慌忙趕到馬廄去，但馬廄已經全毀，重要的馬匹早已不見蹤影。

甚兵衛到了海邊一看，卻只見到馬在岩石上留下的蹄印，甚兵衛的馬雖然在海岸邊死命掙扎，甚至在石頭上留下清晰的蹄印，但仍舊不敵海坊主的怪力而被拖入海中；此後，甚兵衛就不敢再對龍神的食物出手，而海坊主就再也沒有出現過。

～取自東北農山漁村文化協會編《陸奧的民間故事》（未來社）

妖怪專欄

海坊主的同類

日本過去曾留下不少海中巨人傳說，多數人認為這些巨人也是海坊主的一種，尤其是以特徵與海坊主十分相似的黑入道更是如此；這種身姿有如黑色大入道的妖怪，在成書於江戶時代的《奇異雜談集》中之記載如下。

自古以來讓女性獨自上船一直是絕對不能觸犯的禁忌，但曾有一名男子視禁忌於無物，硬是將妻子帶在身邊，然而在他們出海之後海上卻颳起風暴捲起滔天巨浪，此時在波滔之間出現的正是黑入道的漆黑頭顱，它有著大過人類5、6倍的眼睛，還長有如馬一般的嘴。

這時船上的女子有如中邪一般，竟自己跳入大海之中，而黑入道嘴裡銜著這名女子就此離開，大風雨也從此平息了。

雖然黑入道與海坊主一同被視為擁有和尚頭的巨大漆黑妖怪，但海上還有一種稱為海座頭的人型妖怪，其於鳥山石燕的《畫圖百鬼夜行》中，形象是名與琵琶法師雷同的巨人，但至於海座頭實際上是何種妖怪卻不得而知，只知道它會站立於海面上，並與海坊主一樣是會弄沉船隻的妖怪。而其他像是海和尚這種擁有和尚腦袋以及鱉身的妖怪，也具備在遇見船隻時引起暴風雨等與海坊主十分相似的性質。

《奇異雜談集》中的黑入道
作者不詳

鍋田玉英《怪物畫本》中的海座頭（國際日本文化研究所館藏）

人型

河海

河童

酷愛小黃瓜和尻子玉

河童是流傳於日本各地的妖怪，雖然依據地區不同對其外貌的敘述多有出入，但如今大眾對它的印象多半是頂著招牌髮型、背上背著龜殼，頭頂還有個能夠蓄水的盤子，而且非常喜歡相撲和小黃瓜，尻子玉（位於肛門附近的虛構器官）也是它的最愛，據說尻子玉被奪走的人就會變得十分軟弱。

古人所留下的繪畫

歌川芳員《東海道五十三次內小田原》所繪之河童，其背上背負著龜殼、手腳掌上有蹼，與現代對河童的印象幾乎一致（國際日本文化研究所館藏）

能　力

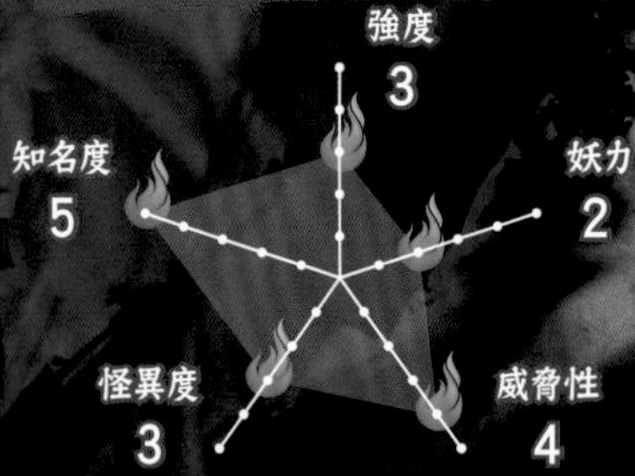

威脅性　4

它雖然常被視為可愛的妖怪，但由於它喜歡人類內臟、將人拖入水中溺斃，所以它其實意外的可怕。

知名度　5

河童的知名度極高，各地區還分別有「河猿」、「猿猴」、「河伯」等別稱。

事蹟流傳區域

除北海道、沖繩縣以外各個地區

第二章　河海妖怪

河童

插圖：鯵屋槌志

妖怪故事

第十一夜「河童的悔過書」

懲罰作惡多端的河童

在遠江國（今靜岡縣）的都田川流域一帶，有個叫做瀨戶的地方，瀨戶周邊有兩處深淵，當地人分別稱之為雄淵與雌淵，而住在這兩處深淵的河童時常作惡，令瀨戶居民不堪其擾。

當時村中又傳出小孩遭河童擄走後，因尻子玉被奪去而死去的傳聞，村子的管理人十分擔心，於是便決定前去和和尚商量。

「我雖想阻止雄淵與雌淵裡的河童為惡，但卻苦無對策請問該如何是好？」

「真是群胡作非為的河童啊，這樣好了，我替你去教訓它們吧」

和尚答應他降伏河童一事後，便前往深淵恭恭敬敬地誦經，而經文似乎也發揮了效用，逼得河童現身並向和尚說道：

「我是居住在深淵中的河童，從今以後我再也不會行惡了，求求你放過我吧。」

河童跪在和尚面前向他懺悔。

「你真的不再作惡了嗎？」

「真的，我再也不做壞事了。」

在河童不斷地磕頭求饒下，和尚終於決定原諒它。

「那很好，如果你願意老老實實地過活我就原諒你吧，只不過你得寫一封悔過書給我。」

「是，我會好好寫的，請放過我吧。」

河童照著和尚之言寫了一封悔過書後就消失了，據說從此以後瀨戶一帶再也沒有聽說過河童為非作歹的傳聞，而河童所留下的悔過書雖然也流傳了下來，但由於它所使用的不是一般的文字，因此沒人看得懂裡頭到底寫了什麼。

～取自《日本民間故事7 遠江・駿河・伊豆篇》（未來社）

妖怪專欄

河童的同類

其實有許多妖怪都被視為河童的同類，其中最著名的就是猿猴。猿猴是流傳於中國、四國等地的妖怪，相傳它棲息於河川、沼澤之中，會從人的肛門裡取出活生生的肝臟，還會對牛、馬等牲畜惡作劇，是種習性與河童相當相似的妖怪。相傳土佐國（今高知縣）的漁夫曾經生擒猿猴，據說它擁有鰻魚般滑溜的皮膚，臉與手足皆與猴子無異，頭上還長著長長的毛髮。

四國則流傳著著名的芝天事蹟，傳說中芝天的外觀有如全身毛髮濃密的兒童，而它也會和河童一樣要人們與它相撲，可是一旦答應之後芝天便會整天要那人當自己的對手；除此之外，這類妖怪也會在海裡出沒，例如流傳於靜岡縣、眼睛周遭被毛髮遮蓋，做小和尚打扮的海小僧就屬此類，據說它會在拉扯釣客的釣線後現身，驚嚇海邊的釣客。另外，廣島縣的淵猿與山梨縣的kantiki等，被世人劃分為河童一類的妖怪傳說所在多有，可見河童受日本人極高的關注。

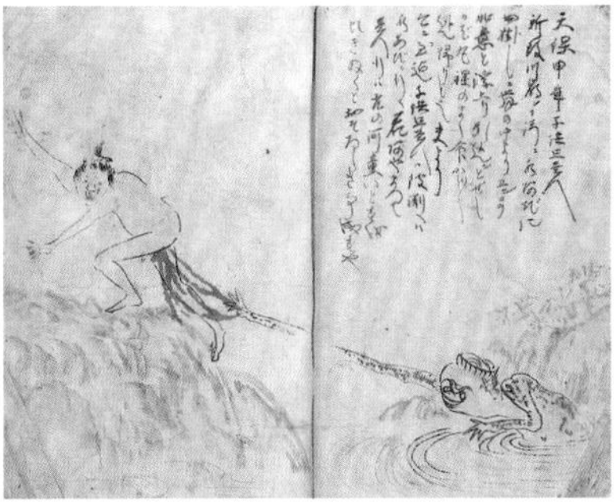

妖怪繪卷《繪本集草》中描繪的猿猴襲擊孩子的景象

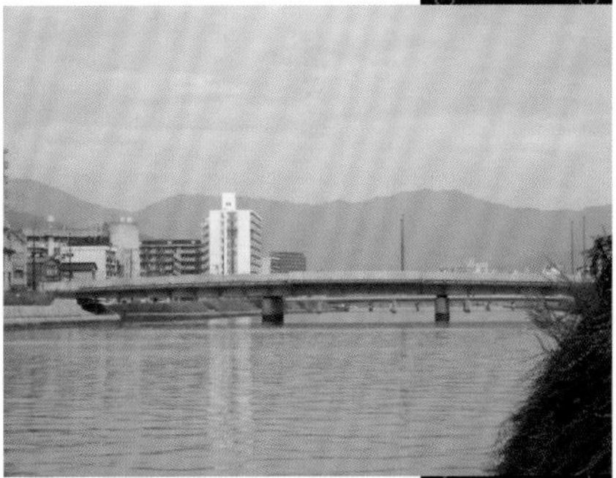

流經廣島縣廣島市的猿猴川，得名於猿猴曾出沒於此的傳說

《新先生一代記》裡的芝天

人型

河海

川姬

迷倒眾生的妖豔美人

川姬是擁有美麗身姿的水妖，在流傳於福岡縣的傳說中，只要水車小屋內聚集了年輕小伙子，川姬就會站在水車的倒影上，凡是見到她美麗身影的人就會被迷得神魂顛倒，直到精氣遭她吸取一空而死為止；據說若要躲避川姬之禍，就必須遵照長者的指示把臉朝下停止呼吸。此外，位於高知縣檮原町中的白王神社，也曾留下了川姬現身的傳說。

能　力

- 強度 1
- 妖力 3
- 威脅性 3
- 怪異度 2
- 知名度 1

強度　1

在高知縣當地的傳說之中，川姬是被一名男子輕而易舉地斬殺，所以應該算不上強大的妖怪。

威脅性　3

她會以美女的身姿出現，並將對她心動的男人精氣全數吸乾，對男人來說也許沒什麼妖怪能比她還可怕吧。

事蹟流傳區域

高知縣、福岡縣、大分縣

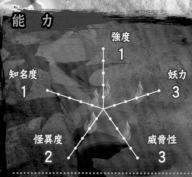

第二章 河海妖怪

川姬

插圖：ナチコ

人型

河海

七人岬

徘迴於岸邊的七位亡靈

七人岬是常出沒於河川、磯石，及海岸旁的七位亡靈，相傳凡是遇見七人岬者必會因高燒不退而身亡，如此一來七名亡靈中便有一位能夠成佛，而慘遭殺害者則加入其中補齊七人；而關於七人岬的由來則眾說紛紜，一說它們是在海中溺死的亡靈，一說他們是長宗我部家的家臣怨靈，或說它們是遭到處斬的奸細怨靈。

事蹟流傳區域

高知縣、愛媛縣、岡山縣

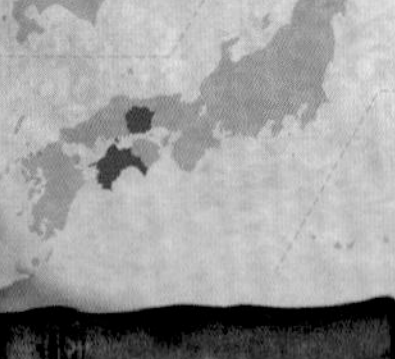

七人岬

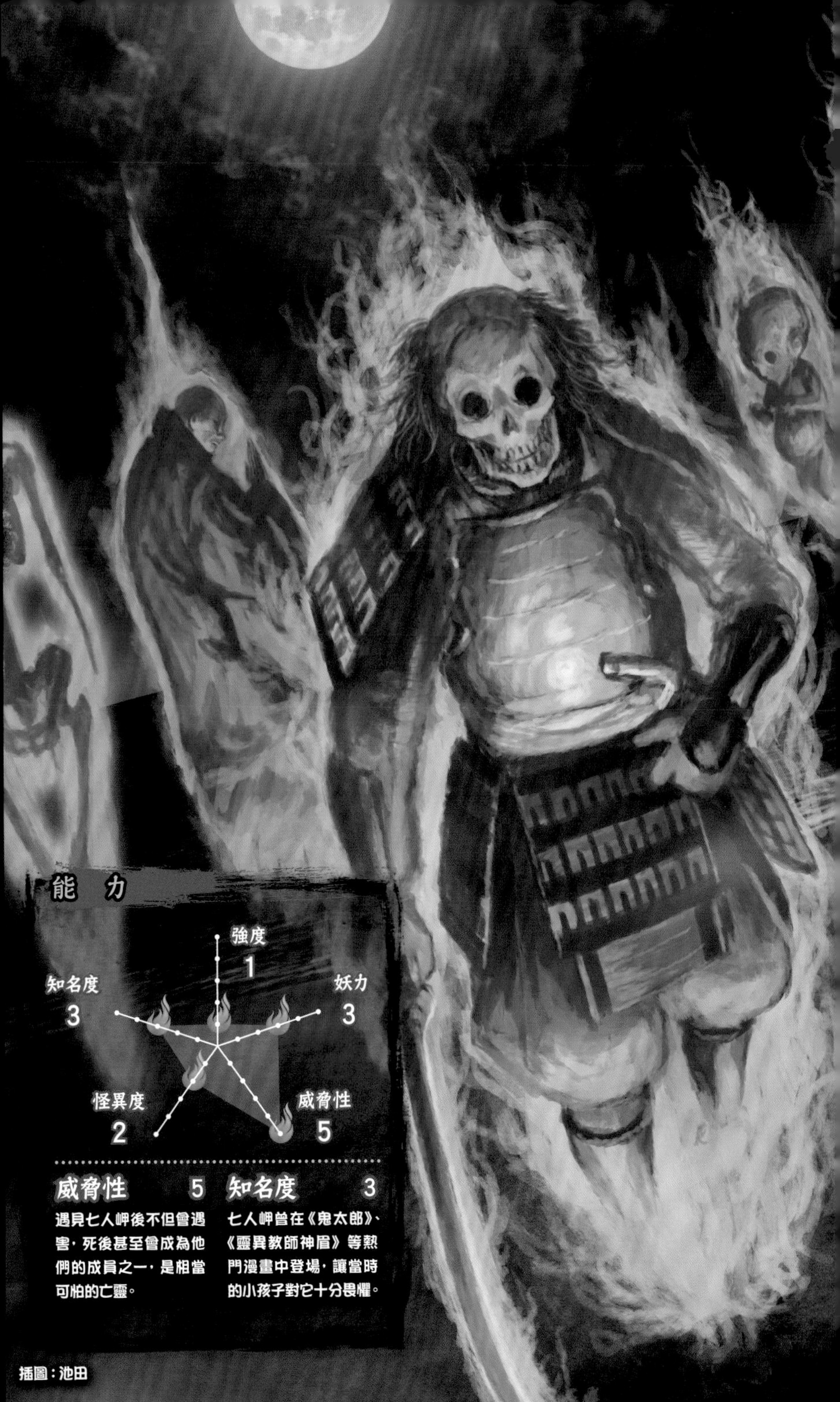

能力

強度 1
妖力 3
威脅性 5
怪異度 2
知名度 3

威脅性 5

遇見七人岬後不但會遇害，死後甚至會成為他們的成員之一，是相當可怕的亡靈。

知名度 3

七人岬曾在《鬼太郎》、《靈異教師神眉》等熱門漫畫中登場，讓當時的小孩子對它十分畏懼。

插圖：池田

人型

猩猩

身上長滿鮮紅色體毛的妖怪

古人所留下的繪畫

寺島良安《和漢三才圖繪》裡的猩猩

事蹟流傳區域

岩手縣、富山縣、山梨縣、和歌山縣、兵庫縣、鳥取縣、山口縣

猩猩是可見於各地傳說中的妖怪，擁有深紅色體毛的它喜歡喝酒，據多數民間傳說記載，它時常於海裡出沒，而富山縣的傳聞則將其塑造為身高約1m，常成群結隊地跳入船中，當它們受到驚嚇而群起騷動之際，甚至會讓船隻沉沒。但也有出沒於山林間的傳聞，據說其身長約2m、腹部就算遭鐵炮重擊也能若無其事的離去。

獸型

絡新婦

以絲線纏繞後將人拖入水中

古人所留下的繪畫

鳥山石燕《畫圖百鬼夜行》的絡新婦

事蹟流傳區域

靜岡縣

絡新婦是擁有蜘蛛外型的妖怪，在靜岡縣伊豆市的傳說中它是淨蓮瀑布之主，會利用蜘蛛絲纏住於瀑布旁休息的男人，但據說只要將蜘蛛絲綁上斷木樹根上就能獲救。到了江戶時代，怪談故事集《太平白物語》、《宿直草》等書，則將它描繪為能夠化身為美麗女子迷惑男人的妖怪，而它在故事裡的名字也就轉變成了「女郎蜘蛛」。

獸型

蜃

創造海市蜃樓的妖怪

古人所留下的繪畫

鳥山石燕《今昔百鬼拾遺》裡的海市蜃樓

事蹟流傳區域

除北海道、沖繩縣以外的各個地區

從前的人以為出現在海上的海市蜃樓都是妖怪所造成，而他們認為創造出海市蜃樓的妖怪就是蜃；蜃又稱為車螯，其外型就像是巨大的文蛤，據說這種妖怪吐出的氣息會化為海市蜃樓，讓人看見實際上不存在的建築物，而另外也有蜃是一種龍的說法，其氣息同樣也會化為海市蜃樓。

人型

水虎

為津輕地區的防洪之神

古人所留下的繪畫

鳥山石燕《今昔畫圖續百鬼》中的水虎

事蹟流傳區域

青森縣

水虎在鳥山石燕的《今昔畫圖續百鬼》中，是身體包覆著一層鱗片，身形如同幼兒般的的妖怪，但這應該是中國水虎的形象；在日本，水虎大多是河童的別稱，並且留下許多將兒童拖入水中吸取鮮血的傳聞，不過青森縣的津輕地區卻將河童視為守護神，甚至稱呼它為水虎大人，並成為當地人信仰的防洪之神。

人型

河海

共潛

襲擊海女的怪物

共潛是棲息於海裡的妖怪，據說當海女在陰天潛入海裡時，它就會化身為那名海女的模樣，並且微笑著將鮑魚遞給海女，但若海女收下的話，就會被共潛拖進深海之中，不過只要背對共潛再將手伸到背後接過鮑魚就能平安脫險，如事先在頭巾或衣服上印下九字或星型記號就能夠避開共潛。

事蹟流傳區域

靜岡縣、三重縣

第二章 河海妖怪

共潛

威脅性　3

相傳曾有人以網子將它捉住，但它卻能驅使水蚤割破網子逃離，在海裡遇見它是相當危險的事情。

怪異度　3

遇見和自己一模一樣的怪物著實詭異，若遇見共潛還是婉拒它的禮物趕快逃走吧。

人型

河海

波浪小僧

帶來雨水的奇妙孩童

流傳於靜岡縣濱松市一帶的妖怪，傳說中有位少年拯救了因乾旱而無法返回海裡的波浪小僧，平安返回海裡的波浪小僧為報恩情，於是為當地帶來豐沛的雨水，不但如此，據說它還能讓波浪發出聲響通知人們天氣的變化，讓當地人得以藉由波浪聲預知天氣，而這個遠洲灘獨特的波浪聲，也被列為遠洲七怪談之一。

能　力

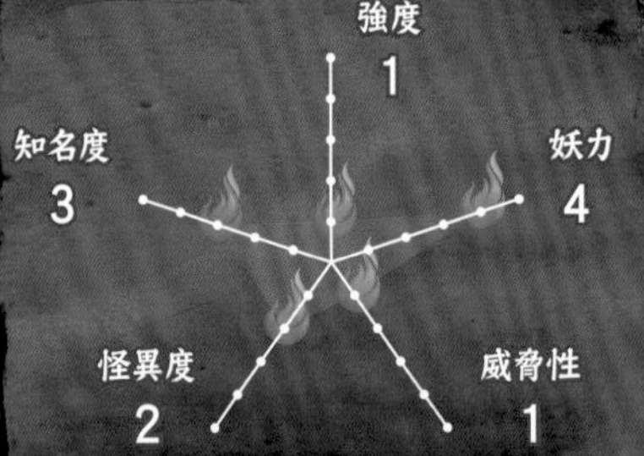

怪異度　2

據說波浪小僧只有拇指大小，雖然樣貌有些奇異，不過它實際的模樣也許會很可愛吧？

知名度　3

相傳波浪小僧發出奇特海浪聲的地方就是遠洲灘，該地也獲環境廳選為「日本百大聲音風景」之一。

事蹟流傳區域

靜岡縣

第二章 河海妖怪

波浪小僧

插圖：aoki

人型

河海

人魚

帶來不幸的詭異半人半魚妖怪

一般對人魚的印象多半是上半身是人下半身是魚，不過在日本只有人或鬼頭的魚也被稱為人魚，古代雖曾將人魚現身視為吉兆，但對隨著時代演進，人魚卻逐漸成為暴風雨、海嘯、戰亂等禍事的前兆，甚至成為將之捕殺後就會作祟的可怕存在，此外，人魚肉能作為長生不老藥的傳聞亦所在多有。

古人所留下的繪畫

鳥山石燕《今昔百鬼拾遺》裡的人魚，上半身包覆著一層鱗片、長著一張猿猴的臉，手掌上有蹼，其形象與河童十分相似。

能　力

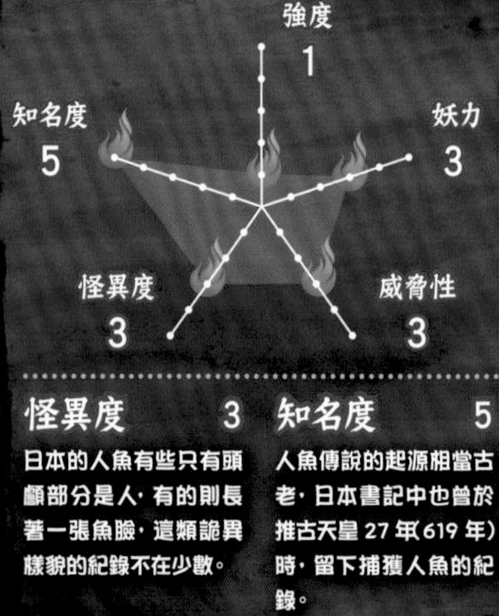

怪異度　3

日本的人魚有些只有頭顱部分是人，有的則長著一張魚臉，這類詭異樣貌的紀錄不在少數。

知名度　5

人魚傳說的起源相當古老，日本書記中也曾於推古天皇 27 年(619 年)時，留下捕獲人魚的紀錄。

事蹟流傳區域

除北海道以外各個地區

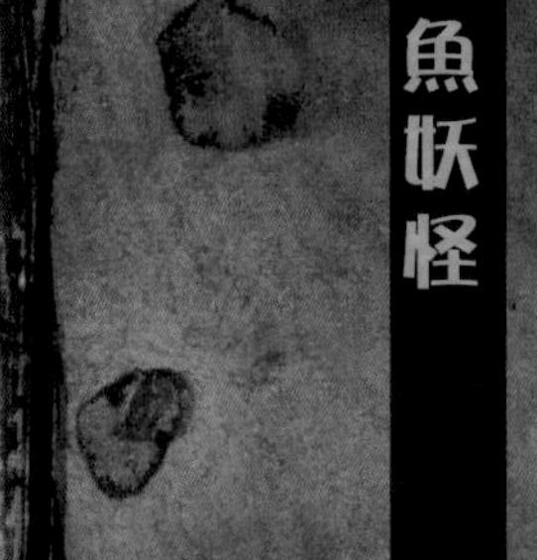

人魚

插圖：藤川純一

妖怪故事 第十二夜「八百比丘尼」

獲得不老不死之身的悲哀女子

從前，有位名叫高橋權太夫的男子住在若狹國東勢（今福井縣小濱市），由於這名男子十分有錢，因此人們都稱他為高橋長者。

有一天，高橋長者想到遙遠的外國看看，於是獨自乘船出海遠行，當他逐漸往海的方向航行之際，竟抵達了一座上頭建有前所未見美麗宮殿的奇妙島嶼。

高橋長者受到島民的熱烈歡迎，每天都能享受民眾招待的食物，並體驗各種有趣的娛樂，雖然他每天過得十分快活，但終究還是想起了故鄉東勢，於是決定向島民們告辭返鄉，他們雖然捨不得高橋長者離開，但還是準備了豪華的料理為他餞別，而在這些料理中也包括了一塊舉世少有的人魚肉，於是高橋長者決定將人魚肉包好帶回東勢。

只不過高橋長者平安到家後卻完全忘了人魚肉一事，但他剛滿十八歲的獨生女卻在父親的和服中找到這塊人魚肉，於是他的女兒悄悄地偷吃了幾口，但是人魚肉美妙的滋味卻讓她無法克制自己，最後竟然將整塊肉全吃光了。

從此之後，女兒的年紀就再也沒有增長，即便周遭的人們接連老死，只剩下她還維持著十八歲的外貌，孤身一人的她於是落髮為尼走訪日本各地；然而在歷經數百年再度返回若狹時她卻仍然無法死去，最後她決定進入山洞之中。

「請把鐘聲止息之際就當作我嚥氣之時吧」

高橋長者的女兒說完以後，便開始在山洞中敲鐘誦經，但鐘聲無論經過了多久都不曾停止，而留意著這件事的人也接連過世，最後再也沒有人在乎鐘聲究竟是在何時停止的了。

～取自《日本民間故事12 加賀．能登．越前篇》（未來社）

人型

濡女

出沒於岸邊的怪異蛇身女妖

古人所留下的繪畫

佐脇嵩之《百怪圖卷》裡的濡女

事蹟流傳區域

島根縣

濡女是擁有大蛇身體的妖怪，傳聞她會化為河邊的洗頭髮女子，趁機襲擊船隻，據說她的尾巴能伸展到3町（約330m），萬一被她發現就會被尾巴綑綁，被她捲走。在島根縣的傳說中，她則被視為牛鬼的同夥，會以懷抱嬰孩的女子形象現身海岸邊，將對方拐騙過來後再讓牛鬼吃掉他。

獸型

化蟹（蟹坊主）

棲息於寺廟中的猜謎妖怪

古人所留下的繪畫

山梨縣長源寺流傳至今的化蟹掛軸

事蹟流傳區域

岩手縣、山梨縣、石川縣、富山縣

化蟹是會以人型現身的蟹妖，也稱蟹坊主。各地寺廟中流傳著相關的故事及傳說，但內容大同小異：從前有位四處旅行的和尚來到空無一人的寺廟寄宿，入夜後卻出現一人向他問道：「什麼東西有八隻腳，其中兩隻比較大；兩隻眼睛還能直指天際，橫行無阻。」和尚回答：「蟹。」這人因真身被拆穿而發狂，最終被這名和尚降伏。

獸型

河海

半裂

襲擊人類的巨大山椒魚

能　力

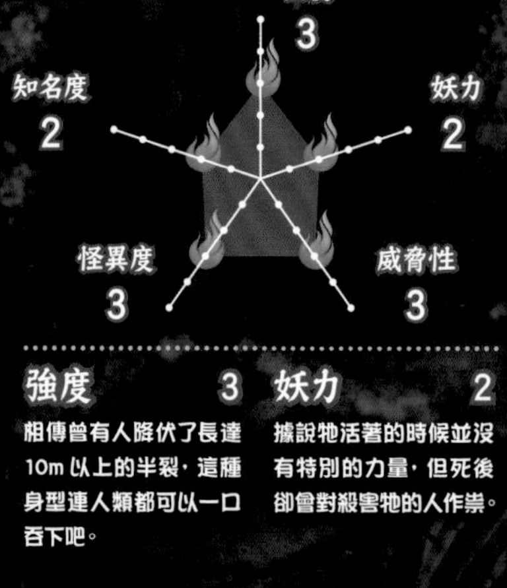

強度　3

相傳曾有人降伏了長達10m以上的半裂，這種身型連人類都可以一口吞下吧。

妖力　2

據說牠活著的時候並沒有特別的力量，但死後卻會對殺害牠的人作祟。

事蹟流傳區域

鳥取縣、岡山縣、廣島縣

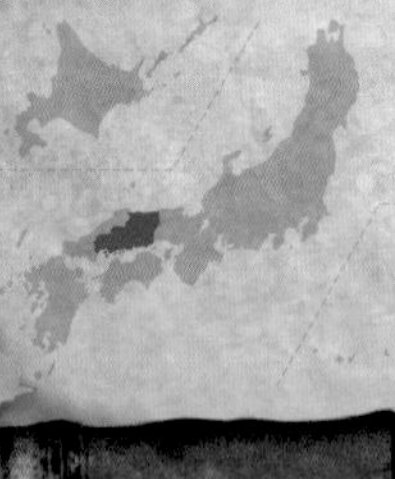

第二章 河海妖怪

半裂

半裂是自然界活化石山椒魚的別稱，其名稱源自於即使將牠分為兩半仍可存活的特性，據說半裂曾於岡山縣湯原町留下了襲擊人類及牛馬的事蹟，雖然後來一位名叫三井彥四郎的年輕人出手將牠降伏，但彥四郎一家人不久後竟全數死絕，又驚又怕的村民於是將半裂視為神明供俸起來，這才平息了半裂作祟。

插圖：森野廣

人型

河海

船幽靈

一心想弄沉船隻的海上亡靈

相傳船幽靈是在河、海裡溺死者化成的亡靈，這些亡靈會直接在船上，或者以海坊主或漂浮於海上的鬼火之姿現身，雖然其型態眾說紛紜，但船幽靈一定會說：「給我勺子」，若船員真的給它水勺，船幽靈就會想舀入海水弄沉船隻，但若交給它無底水勺，它就會因無法舀水而放棄並離開船隻。

事蹟流傳區域

除北海道、沖繩縣以外的各個地區

船幽靈

能　力

強度 1
知名度 3
妖力 3
怪異度 3
威脅性 3

強度　1

以飯糰丟擲、瞪視等各種方式都能將它擊退，因此沒有必要害怕船幽靈。

知名度　3

其事蹟流傳於全國沿岸地區，就連內陸地區的河川、湖泊之附近都流傳著船幽靈的傳說。

古人所留下的繪畫

芳幾近二《新作妖怪野話》裡的船幽靈（國際日本文化研究所館藏）

插圖：台間太郎

妖怪故事 第十三夜「船幽靈」

乘載幽靈的船隻襲擊漁夫

從前，有一群年輕漁夫在中元節時開船出海捕魚，雖有長者訓誡他們：「不能在中元節當晚出海。」但那天是個風勢平緩星空燦爛的夜晚，因此漁夫們並不把長者的話放在心裡，個個都哼著小調興高采烈的捕魚去了。

但正當眾人才剛察覺風勢即將轉強之際，天候竟然立刻變差，天上的星空也隨即失去蹤影，海上的情況立刻惡化，漁夫們見狀慌張的收起漁網準備返回漁港避難，但此時卻有一艘點著幾盞燈光的大船無聲無息地朝他們接近。

「喂、借我水勺吧，借我水勺吧。」

但船上卻從未見到船員身影，只能聽見這陣詭異的聲音；那陣聲音所說的水勺就是指用來撈出船內積水的杓子，這時感到害怕的漁夫們一心只想著逃跑，便將水勺給扔了出去，但大船這時反而靠得更近，並且開始用漁夫們剛才丟出的水勺將海水倒入漁船中。

「糟糕，這傢伙是船幽靈，船就要沉了，趕快逃吧。」

漁夫們雖然渾身都濕透了，但眾人總算是勉強游回了港口，漁夫們雖然幸運地撿回小命，但人人都彷彿失魂落魄似的絕口不提此事，一群人只是精疲力盡待在原地。其他漁夫聽聞此事都驚訝地說道：

「錯不了，那一定是真正的船幽靈，他們竟然還能活著回來呀。」

據說從此以後，再也沒人敢在中元節當晚出海捕魚了。

～取自《日本民間故事6 房總・神奈川篇》（未來社）

異形

舞首

死後仍舊爭鬥不休的三個頭顱

古人所留下的繪畫

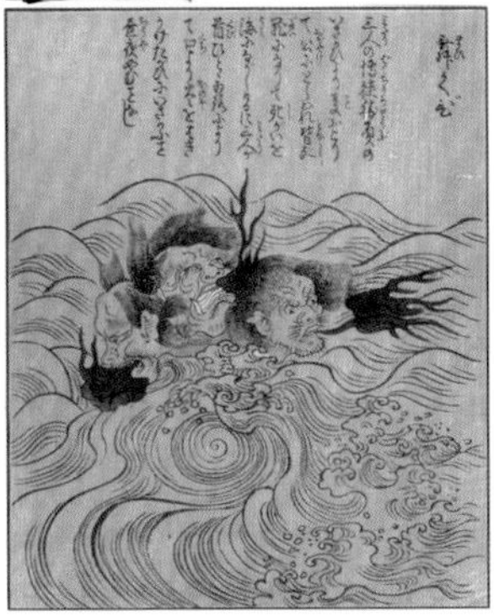

竹原春泉《繪本百物語》裡的舞首

事蹟流傳區域

神奈川縣

相傳有三個男人在祭典的夜裡起了爭執，最後拔出刀子相互廝殺；最後都因為砍下對方的頭顱而死，但失去身體的三個頭顱卻依然爭鬥不休。據說它們不但都緊咬著對方，夜裡甚至會噴出火焰，白天則會在海裡引發漩渦。雖然另有舞首是因賭博起口角而遭處死的三名男子之頭顱，不過三人在成為妖怪後仍不斷爭執這點依然相同。

人型

魍魎

以屍體之膽為食的水怪

古人所留下的繪畫

鳥山石燕《今昔畫圖續百鬼》裡的魍魎

事蹟流傳區域

不詳

魍魎的體型與3歲兒童一般，據說它有著暗紅色的身軀、紅眼、長耳，喜歡以屍體上的膽囊為食，江戶時代的類書（百科全書）「和漢三才圖畫」則將其歸納為水神，據說由於其體態有如兒童一般，因此書中便將它劃分為河童的分支之一。除此之外，因魍魎性喜以屍體為食，因此也有傳說將它與專偷屍體的妖怪·火車視為同類。

獸型

河海

龍

有如神明般呼風喚雨的靈獸

能　力

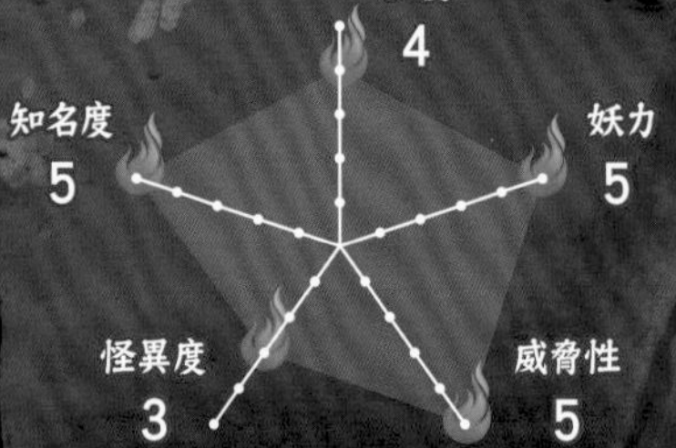

妖力　5

據說龍能呼風喚雨、打雷閃電並可翱翔於天際，它會被視為神明也是理所當然。

威脅性　5

龍擁有引起暴雨和洪水等超乎人類所能及的力量，自古以來就是令人敬畏的的存在。

事蹟流傳區域

日本全國

第二章 河海妖怪

龍

龍是棲息在湖、海、沼澤等地，起源於中國的靈獸，在中國古代書籍的記載中，龍擁有駱駝頭、鹿角、鬼眼、牛耳、蛇後頸、大蛇身、鯉魚鱗、鷹爪，以及老虎般的手掌，據說是傲視萬獸的生物；它在日本也時常被視作海神及水神，早在彌生時代土器上便已繪有龍的圖案了。

插圖：池田

妖怪故事 第十四夜「3座湖泊的故事」

化身為龍的男人

從前，在秋田縣北部一個名為鹿角的地方住著一位年輕人，他的名字是八郎太郎，八郎太郎是個身強體健而且十分和善的青年。

有一天，八郎太郎和同伴一同上山，他在取水的溪流旁發現了3條岩魚，於是他抓起岩魚打算與同伴分享，只不過八郎太郎禁不起岩魚的香味誘惑，而把所有的岩魚都吃掉了。

但八郎太郎吃完岩魚之後卻立刻感到口渴難耐，於是便到溪邊大口地喝起水來，但是口渴的感覺卻未曾止息，而只顧著不停喝水的八郎太郎，最終竟然化成了一條可怕的龍，悲嘆不已的八郎太郎萬般無奈下，只得阻塞溪水打造湖泊作為自己的棲身之地，一般認為這座湖泊就是十和田湖。

此後八郎太郎便在十和田湖住了下來，但某天八郎太郎受到名為南祖坊的男子挑戰，雙方經歷七天七夜的戰鬥後，八郎太郎不敵而被趕出了十和田湖，只得順米代川而下，再度於一處稱作鹿渡的臨海村落造湖定居，這座湖泊正是今日的八郎潟湖。

當時在仙北地區住著名為辰子的美麗女子，她曾向上天祈求永遠的美貌，於是觀音大士便指點她：「只要喝下田澤湖旁的泉水就能如願。」但當辰子喝下泉水之後，她卻幻化成了一條龍，辰子只得抽抽噎噎的向母親道別，並且定居在田澤湖之中。

八郎太郎聽到這個消息以後，便立刻來到田澤湖與辰子見面，辰子得知八郎太郎是為了見自己而來後十分高興，此後兩人都會一同在田澤湖裡過冬，據說田澤湖也是因為這兩條龍的關係而不會在冬天凍結，但八郎潟湖卻會因為主人不在而結冰。

~取自《日本民間故事4 宮城・陸奧篇》（未來社）

妖怪專欄

九頭龍傳說

九頭龍在日本各地都留下了大量傳說，九頭龍顧名思義就是有九個頭的龍，或說它是九條龍的集合體，一般被視為會引起災害、襲擊人類的惡神。

而長野縣長野市戶隱神社的傳說便屬其一，相傳此地囚禁著擁有九個頭顱的龍，而這條遭到封印的龍則被當地人視為神明供奉，成為當地具備祈雨、結緣與治療蛀牙等能力的益神，如今仍是長野縣民的信仰中心之一。

神奈川縣的箱根也流傳著九頭龍傳說，據說蘆之湖中曾棲息著一條九頭毒龍，時常引發天災致使居民苦不堪言，因此一位名為萬卷上人的和尚便將這條九頭龍綁在蘆之湖底；這條龍改過向善後便承諾守護當地的人民，於是和尚就興建了神社供奉這條龍，聽說這就是九頭龍神社的由來。

另外，九頭龍也是福井縣河川名稱的起源，相傳平泉寺中供奉著名為白山權現的神明，當祂的神像飛過河川之際，曾出現一條九頭一身的龍將神像搬入對岸的神社中，據說這條河也因此被命名為九頭龍川；此外，在千葉縣鹿野山和滋賀縣三井寺等地，都曾留下九頭龍的傳說，九頭龍也成為當地人信仰的對象流傳至今。

《戶隱神社圖》中所繪的九頭龍大神
（國際日本文化研究所館藏）

祭祀九頭龍神的神奈川箱根縣九頭龍神社

妖怪專欄

妖怪繪畫的世界

日本妖怪不但以傳說和傳聞等形式保留至今，不少繪師也用繪畫保留了妖怪的樣貌，而在簡單介紹妖怪繪畫歷史的同時，也將介紹幾位著名的妖怪繪師。

最初，妖怪的身姿是以繪卷的方式描繪而成，所謂的繪卷就是在書卷上描繪圖畫故事或情景的書物，在鎌倉時代後期～室町時代，各種妖怪為主題的繪卷接連發行，例如：描繪酒呑童子傳說的《大江山繪卷》，或是刻畫妖怪行進情景的《百鬼夜行繪卷》等，許多在現代也相當著名的妖怪，其雛形就是在這些繪卷之中誕生。

到了江戶時代以後，妖怪繪圖也成為浮世繪的題材，妖怪的文化因此得以進一步推廣，而活躍於當代的繪師之中，就屬鳥山石燕（1712～1788）最具知名度，他曾以妖怪為題發表了《畫圖百鬼夜行》系列作品，這是一套總共有4部的妖怪畫集，在這類作品之中，石燕不但畫出了只有傳說而沒有畫像的妖怪，甚至親自創造出原創的妖怪，而石燕親切且逗趣的繪畫風格，對往後的繪師造成相當大的影響，成為現代人印象中的妖怪原型。

竹園春泉（生卒年不詳）也是活躍於江戶時代後期的繪師之一，於1841年與名為桃山人的作家一同發行了《繪本百物語》，此書雖只是在各地怪談集中附上妖怪的畫像，但他卻能將各種妖怪畫得活靈活現，使得其成為足以與石燕的《畫圖百鬼夜行》系列相提並論的妖怪圖鑑傑作。

而歌川國芳（1797～1861）也是名不容忽視的繪師，他以強烈且奇特的畫風，成為江戶時代末期最受歡迎的代表性繪師，雖然他在武士畫、美人畫、官員畫等領域都有相當出色的表現，但他其實也留下不少妖怪畫像，尤其是以巨大骸骨令人印象深刻的《相馬之古內裏》、描繪著鮮豔金色九尾狐的《那須之原九尾惡狐退治》等傑作更是聲名遠播。除此之外，他對弟子的指導也是不遺餘力，留下各式妖怪繪畫的河鍋曉齋，和擅長畫出殘酷血腥場景的月岡芳年等繪師都是他親手栽培的弟子。

自明治時代以來，妖怪雖成為民俗學等學科的研究領域，但卻也隨著時代進步成了迷信的象徵，妖怪繪畫也因而逐漸沒落，而讓日漸消失的妖怪文化再度展露光芒者，正是家喻戶曉的熱門漫畫《鬼太郎》的作者水木茂，水木收集了大量的妖怪資料進行研究，並以石燕等人的繪畫為基礎，畫出大量的妖怪繪畫，許多被說成是妖怪的人也許會想起他的漫畫吧；不僅如此，水木也和石燕一樣以自己獨特的觀點，畫出了僅有紀錄而無圖像的妖怪畫像，諸如一反木棉、油須磨、子哭爺爺等妖怪，都是藉由水木之手而首度視覺化。

由此可見，妖怪的形象意外地能夠隨著人們的意志隨意描繪；不過妖怪原本就是人類經歷可怕或奇異體驗後，在傳達的過程中所誕生的產物，而妖怪的形象也就隨著這類傳說或流言逐漸誕生，再由妖怪繪師們於圖畫中加入自己的想像而成形。

鳥山石燕《今昔畫圖續百鬼》裡的般若

桃山人著、竹原春泉《繪本百物語》裡的周防大蝦蛤蟆

歌川國芳《相馬之古內裏》

妖怪專欄

妖怪之旅3 ～河童篇

時常成為幸運物等周邊商品的河童，可說是日本人最為熟悉的妖怪，其傳說流傳了日本各地。

說到河童首先得提到《遠野物語》，據說曾有河童出沒的「河童淵」（岩手縣遠野市土淵町），如今其詭異的氛圍也完好地保留下來，一旁也建有供奉河童神的祠堂。

位於東京都台東區西淺草的合羽橋，顧名思義也和河童有所關連。從前有個名為合羽屋喜八的人自掏腰包進行水利工程，大受感動的河童「河太郎」於是主動幫助合羽屋喜八；從此以後，當地人便將河童視為有益的妖怪。當地供奉這位河童大明神的「曹源寺」（東京都台東區松之谷）俗稱河童寺，寺中的河童堂則可以預約參觀。

至於在伊豆，則有一座以河童寶瓶作為鎮寺之寶的「栖足寺」（靜岡縣賀茂郡河津町），在當地的民間傳說中，因為作惡而遭處罰的河童受到和尚的幫助脫困後，便贈送了這支寶瓶以答謝救命之恩。欲前往寺中參觀寶瓶須事先向寺方預約。

除上述擁有悠久河童傳說的地區以外，也有地區為振興觀光遂運用當地的河童傳說，在各處立起了河童塑像，例如福岡縣久留米市多主丸町、北海道札幌市南區定山溪溫泉等地區皆是如此；各位如有機會務必前去享受尋訪河童的樂趣。

插圖：合間太郎

第三章

聚落裡的妖怪

有人居住的地方就會有妖怪棲息，就算白天再怎麼熱鬧的村里，一到夜晚就是百鬼夜行的歡鬧時間。百鬼們，過去吧，過去吧。

人型

聚落

天邪鬼

非常喜歡取笑人類的妖怪

它是民間故事「瓜子姬」中著名的惡鬼，是個會和人類唱反調、讀取其心思的小鬼，擅長模仿人們的言行，據說它喜歡開人類的玩笑；天邪鬼傳說雖遍佈全日本，但各地區對其特質卻眾說紛紜，像是在神奈川縣箱根與靜岡縣伊豆地區，它就是個打算移平富士山的巨人，但在岩手縣九戶郡地區的傳說中，天邪鬼卻成了躲在爐灰裡的小妖怪。

能　力

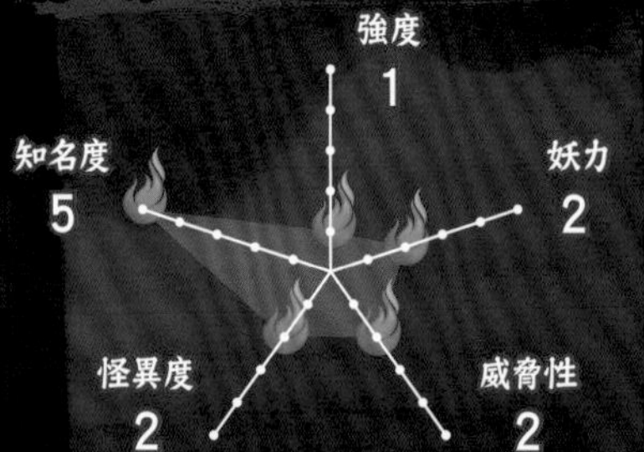

知名度　5

加今仍曾以天邪鬼比喻故意唱反調者，可見其知名度之高，也曾出現在佛教及神話當中。

威脅性　2

雖然它是個喜愛惡作劇的狡猾妖怪，但其傷害人類性命的可怕傳聞卻意外的少 僅有「瓜子姬」一例而已。

事蹟流傳區域

除北海道、沖繩縣以外的各個地區

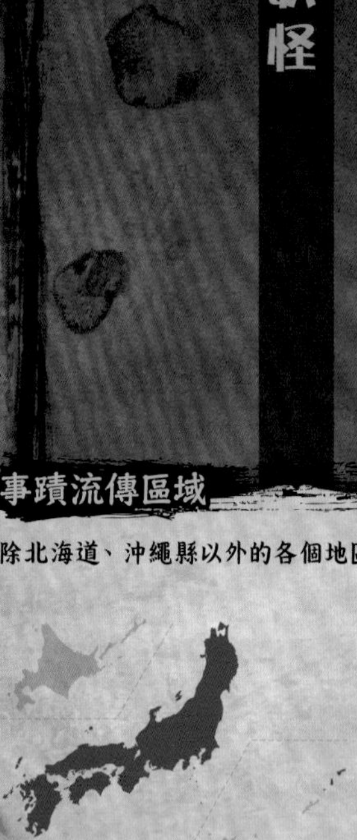

第三章 ● 聚落裡的妖怪 天邪鬼

古人所留下的繪畫

十返舍一九所繪天邪鬼；繪師大多會以小鬼的形象描繪天邪鬼，在佛像中被踐踏的鬼也都是天邪鬼。

 插圖：藤川純一

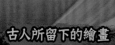

異形

聚落

一反木棉

實際上是會襲擊人類的長條絹布

它是流傳於鹿兒島縣肝屬郡高山町（今肝付町），長約一反（布匹單位，長約10.6m、寬30cm）的白色絹布妖怪，出沒於日落到夜晚期間，會飄飄飛舞或突然掉落在人們面前，再運用其綿長的軀體纏住路人脖子或是覆蓋顏面，相傳曾有被襲擊者拔出預藏的刀子劈砍一反木棉，棉布不但立即消失，還在手上留下了血跡。

能力

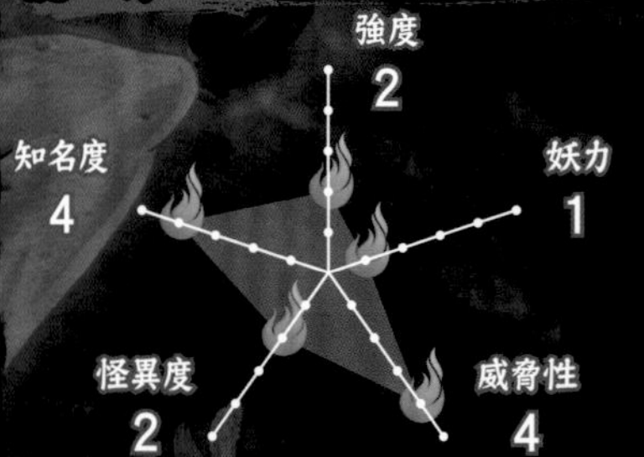

怪異度　2

由於它只是一塊棉布，所以外觀並不可怕，而身上有手眼的一反木棉，則是水木茂本人原創的形象。

威脅性　4

其欲絞殺及悶死人類的特性，足令一反木棉的威脅性名列前茅，如不幸撞見千萬不能輕忽。

事蹟流傳區域

第三章 聚落裡的妖怪 一反木棉

插圖：合間太郎

異形

聚落

姥姥火

愛發脾氣的婆婆化成了鬼火！

它是出沒在河內國（今大阪府）和丹波國（今京都府）等地，身形約一尺（約30 cm）的鬼火妖怪；從前有個老婆婆每晚都會盜取河內平岡神社裡的油，這名婆婆死後作祟化為了鬼火，此後，每到夜晚姥姥火便會在天上盤旋，而最可怕的是，據說被姥姥火從肩膀上掠過的人會在三年之內去世。

古人所留下的繪畫

鳥山石燕《畫圖百鬼夜行》中的姥姥火；據說這是他根據河內國平岡神社傳說所繪，漂浮在半空中的老婦面容著實可怕。

能　力

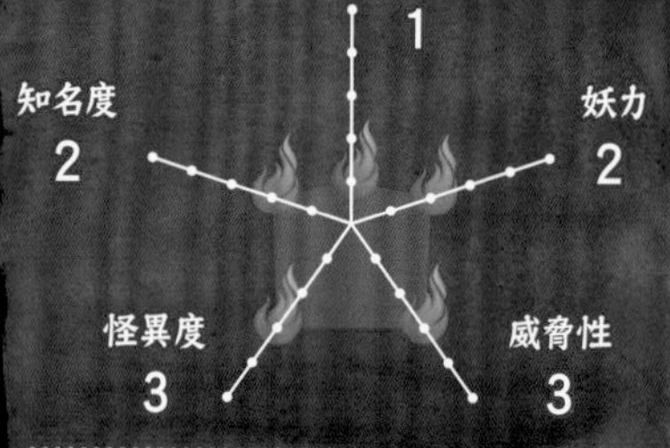

怪異度　3

鬼火妖怪的傳說雖多，但有臉的鬼火卻十分少見，論相貌可怕程度姥姥火稱得上數一數二的妖怪。

威脅性　3

光憑飛過肩膀就能奪取人命這點，便算得上是強大的妖怪了，但據說只要對它說聲「油壺」便可令其消失。

事蹟流傳區域

大阪府、京都府

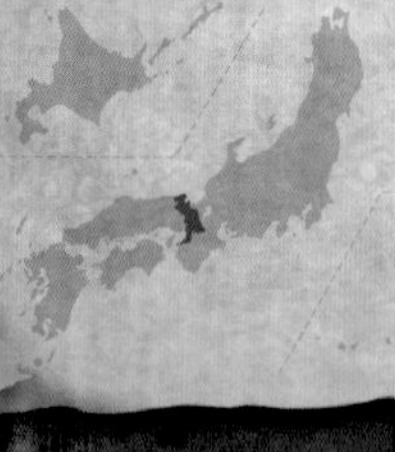

第三章 聚落裡的妖怪 姥姥火

插圖：難波吉備

妖怪故事 第十五夜「捨身油壺」

悲劇女性的故事

從前，在河內國（今大阪府）的平岡村中，住著一位家世清白且美麗的女孩，但不知道為什麼，成為她丈夫的男人卻都相繼去世，死去的男人竟高達十一人，從此以後，村里的人對這名女子也逐漸感到畏懼，最後再也沒有一位村民敢和她搭話，而她也就從十八歲那年的冬天以後不再改嫁，此後便一直單身度過了數十個年頭。

女子年華老去以後，已經不再像當年那般美貌，而成了白髮蒼蒼的可怕婆婆，並且靠著編織棉線過著貧困的日子，然而在晚間工作時光靠火炬照明還是不夠，但是她卻沒有多餘的錢購買燈油，於是她都會趁著半夜溜到附近的平岡神社，偷取燈明（獻予神明的燈火）裡的油。

但此舉卻也使得重要的燈明全數熄滅，神社的神主們對此感到不可思議，眾人經過一番討論之後，便決定找出這個怪異現象的真正原因；當天晚上，所有人手裡都拿著武器靜靜地窺伺神社裡的狀況，到了半夜時老婆婆終於現身，嚇得眾神主幾乎要昏了過去，但一名弓箭好手還是瞄準了老婆婆，一箭就成功射下她的腦袋，而被射中的腦袋則吐著火焰消失在半空中。天亮以後，眾人才終於從留在原地的身體，發現引發怪異現象的人原來就是傳聞中的老婆婆。

但是從此以後，每到夜裡神社周圍就會出現一個吐著火焰的老婦頭顱，而凡是肩膀被頭顱掠過的人，據說都活不過3年時間，而後頭顱甚至開始出現在離神社相當遙遠的原野之中，相傳它能在一瞬間移動一里（約3.92km）以上；不過奇怪的是，據說只要口中叨念著「油壺」這個咒語，頭顱就會立刻消失得無影無蹤。

～取自井原西鶴《西鶴諸國故事》卷五「捨身油壺」

妖怪專欄

鬼火與怪火

姥姥火是種稱為怪火的妖怪，怪火專指成因不明的火，本書在此將介紹較具代表性的幾種。

凡是和姥姥火一樣是由怨靈形成的怪火都可稱為鬼火，各地都有這樣的傳聞，如：沖繩縣的「遺念火」、高知縣的「小氣火」、奈良縣的「鳴鐘火」等；至於京都府的「叢原火」則會浮現在壬生寺偷盜而遭天譴的和尚面容，因此它與姥姥火可說是較為相似的類型。

此外也有受到時節與地域限制的怪火，像是九州有明海及八代海的「不知火」，僅會於舊曆八月（今八月下旬～10月上旬）風平浪靜的新月之夜現形，據說出現時任何人都無法接近它。琵琶湖的「簑火」是在舊曆五月的梅雨夜裡，只要有人在船上穿著蓑衣，它便會前來糾纏。

除上述怪火外，也存在著成因與怨念無關的怪火，像是「狐火」。狐火不但不會散發火焰的氣息，還能燃起有如火炬和提燈般井然有序的火焰，一般認為這種異象應是由狐狸所引起。東京都的八王子區過去曾是狐火名勝，相傳關東的所有狐狸會在除夕當天齊聚在王子稻荷神社。而大小與提燈一般的「天火」是不祥的怪火，傳說天火出入過的民家不但會發生火災，還會有成員染病。

歌川廣重《名所江戶百景》中的「王子裝扮之木 除夕的狐火」

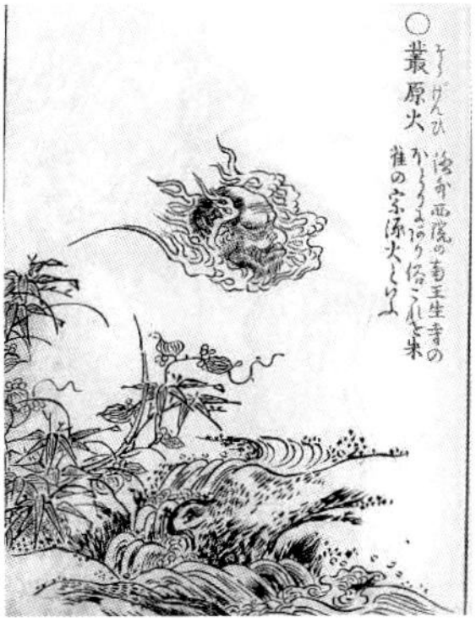

鳥山石燕《畫圖百鬼夜行》裡的叢原火

鳥山石燕《今昔畫圖續百鬼》裡的不知火

異形

聚落

朧車

在夜晚的京都中奔馳的巨臉牛車

相傳朧車是出沒在京都賀茂大道的牛車（平安時代的貴族交通工具）妖怪，據說從前每逢月色朦朧的夜晚就會傳來車子行走之聲，據說曾有人好奇地向外張望，竟看到了一隻牛車妖怪；在平安時代，每當舉辦祭典等活動時，貴族們便會相互比較觀賞用的牛車，這種活動就稱為「車爭」，而朧車就是某位貴族於車爭落敗後，由其怨念幻化而成的妖怪。

古人所留下的繪畫

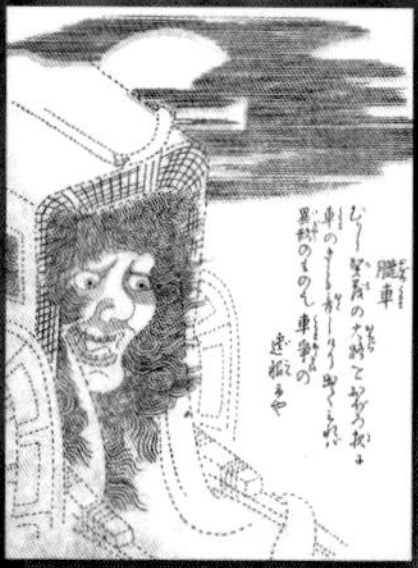

鳥山石燕《今昔百鬼拾遺》裡的朧車，圖中在朦朧月色中現身的朧車車身呈半透明，而「朧」字則是指迷濛模糊的樣貌。

能力

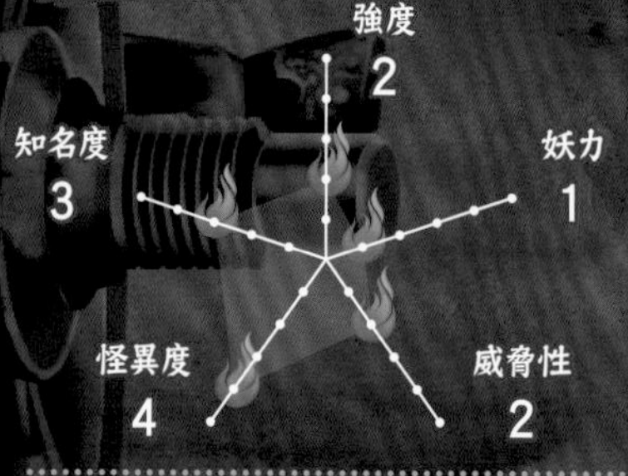

威脅性　2

朧車並未留下傷害人類的傳聞，其強大程度也不清楚，它只是滿懷怨恨地奔馳在夜晚的京都之中。

怪異度　4

牛車上那可怕的人類臉孔，令其散發出詭異的氛圍，其半透明的車身也相當詭異。

事蹟流傳區域

京都府

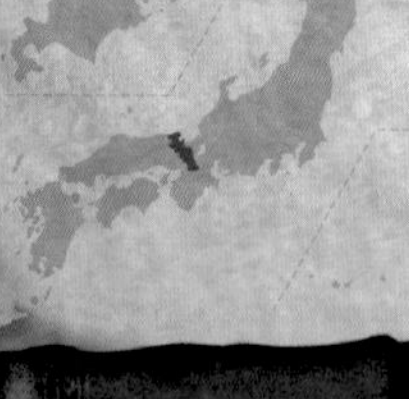

第三章 聚落裡的妖怪 朧車

插圖：難波吉備

異形

聚落

火車

前來收下罪犯的屍體

火車是會奪取生前行惡之人屍體的妖怪，出沒於葬禮或墳場等地；各地區也流傳著各種保護屍體的方法，諸如：將葬禮分為2次（山梨縣）、敲打樂器（岡山縣）、抬出棺材時念道：「不准火車吃」（宮崎縣）等等。雖說其名稱來自於它用於搬運屍體的「烈火之車」，但一般認為火車的真身其實是一隻貓。

古人所留下的繪畫

佐脇松之《百怪圖卷》中的火車，一般多會以貓的樣貌描繪火車，但此處卻描繪了拖著火車的惡鬼；這輛車也正是其名稱的由來。

能　力

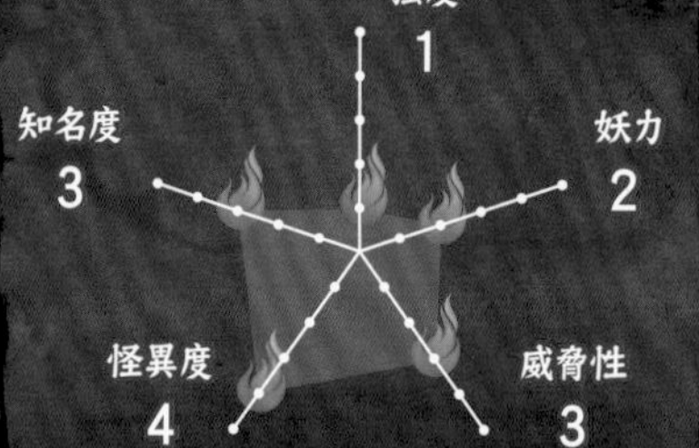

威脅性　3

雖說火車的目標都是惡人屍體，但將屍體帶走的行為還是讓人不寒而慄；它或許是地獄的使者吧。

知名度　3

死去之人被火車帶走後的痛苦神情，使「火車」也被引申為形容為財務所困者神情的詞彙。

事蹟流傳區域

除北海道、沖繩以外地區

第三章 聚落裡的妖怪 火車

插圖：合間太郎

異形

聚落

片輪車

乘坐在單輪車上的美女

於近江國（今滋賀縣）出沒、乘坐在單輪車上的美女妖怪，片輪車每到夜裡就會在村中徘徊，只要有人看見它的樣子就會作祟，曾有一名好奇的女子從門縫中窺伺其樣貌，自己的小孩就被它給拐走了，悲傷不已的女子便將「一切罪過在我，卻賠上不知車為何物的孩兒」的和歌貼在門上，不久片輪車就把小孩子送了回來，從此消失無蹤。

古人所留下的繪畫

鳥山石燕《今昔畫圖續百鬼》中的片輪車，在包覆著火焰車軸上乘坐著一位悲傷的女性，一說車輪中央還有一張男子的臉孔。

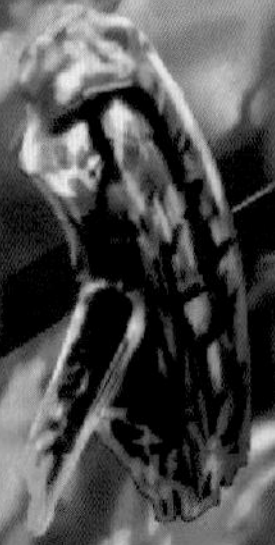

事蹟流傳區域

京都府、滋賀縣

第三章 聚落裡的妖怪 片輪車

能力

強度	妖力	威脅性	怪異度	知名度
1	3	3	3	3

威脅性 3

不光是看見它的真身，甚至是提起片輪車的事都會令其作祟；單憑對小孩下手這點，就可說是母親們會懼怕的妖怪了。

怪異度 3

一台熊熊燃燒的單輪車上，竟能載著一位女子到處跑，果然是奇異妖怪的典型。

插圖：難波吉備

獸型

聚落

鐮鼬

以手腳上的利刃斬斷一切！

鐮鼬的故事大多流傳在中部地區、北陸地區、新潟縣等寒冷地帶，它在傳說中的形象以老鼠及黃鼠狼為主；據說它會乘著塵捲風出現，趁人們不注意時以銳利的刀刃劃傷人類，遭劃傷者身上的傷口大小不一，但傷口大多不會流血也不會產生疼痛。而在岐阜縣飛驒地方的傳說中，鐮鼬是3人一組的妖怪，一人負責打倒人類，另一人則切割那人的眼睛，最後一人則會為傷者上藥。

古人所留下的繪畫

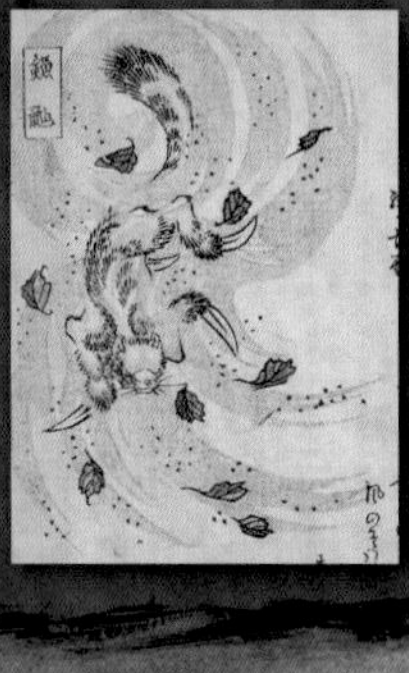

龍齋閒人正澄《狂歌百物語》中的鐮鼬，鐮鼬正與其名字一般，手腳上都長有如鐮刀般鋒利的刀刃，它在畫中形象大多以黃鼠狼一類的動物為主。

事蹟流傳區域

東北、中部

第三章 聚落裡的妖怪 鐮鼬

能　力

強度 2
妖力 3
威脅性 3
怪異度 3
知名度 3

威脅性　3

雖然在正常情況下被鐮鼬砍傷並不會痛，但據說有時鐮鼬也會造成嚴重的傷害，因此還是小心為上。

知名度　3

據說鐮鼬造成的割傷好發於冬季或雪國，事實上，鐮鼬甚至成為了俳句冬季的季語。

插圖：藤川純一

妖怪故事 第十六夜

「越後新瀉潛伏鐮鼬一事」

從前有一名越後（今新瀉縣）出身的男子在某人底下工作，男子的臀部上方有道大傷痕，問他身上為何會有這道傷痕時，他便如此說道：

「這道傷痕是在我的國家，以及秋田與信濃（今長野縣）等地常見的妖怪鐮鼬所為，無論是當地人或是旅客來往於此地時，都會突然在大腿或腹部上留下一道有如被鐮刀砍傷的傷痕，但即便傷口再深卻也不會流出半點血絲，若是直接回家休息時，能找來擅長應付鐮鼬的醫生為自己上藥就能立刻痊癒；我也是從新瀉前往高田（今上越市）的途中遭到鐮鼬襲擊，但不知道為什麼，聽說凡是城裡的人或擁有地方姓氏的武士就不會遇見鐮鼬。」

～取自山岡元鄰《古今百物語評判》卷之二「越後新瀉潛伏鐮鼬一事」

妖怪故事 第十七夜

「旋風怪之事」

雖然有人曾遭稱為鐮鼬的旋風捲入而受傷，但這件事卻是從某個舊識身上聽來的。

有位名叫安富運八的使弓好手在江戶幕府底下擔任與力，運八膝下有兩個兒子名為源藏和源進，兩個兒子年紀都還小；某天，孩子們跑到一家名叫加賀屋的小店附近玩耍，有事外出的運八正好經過那塊的空地，沒想到卻看到孩子們被一陣旋風捲入，雙雙在半空中轉個不停，運八雖然喊著兩個小孩的名字，但孩子們仍然在天上打轉沒有任何回應，運八只得衝入風中拉出2個孩子，據說運八回家之後仔細一看，這才發現大兒子的黑色衣服上沾滿了老鼠般的足印。

所以鐮鼬這種躲在旋風裡的野獸，應該是老鼠或黃鼠狼一類的生物。

～取自根岸鎮衛《耳囊》卷之七「旋風怪之事」

獸型

髮切

能在不知不覺中喀擦剪下頭髮

古人所留下的繪畫

北齋季親《化物畫物卷》中的髮切
（國際日本文化研究所館藏）

事蹟流傳區域

關東、中部

出沒於江戶時代與明治時期，是會悄悄剪下人類毛髮的妖怪。據說髮切會趁當事人不留神時從盤髮處剪下毛髮，使盤好的頭髮掉在路上。無論男女都有可能遭它剪去頭髮，江戶一帶的商行、宅邸中的女傭受害者最多。至於髮切的真身一說是名為「髮切蟲」的妖怪所為，或說是狐狸的惡作劇，關於它的真實身分眾說紛紜。

獸型

獺

擅於變化卻不擅辯駁

古人所留下的繪畫

鳥山石燕《畫圖百鬼夜行》中的獺

事蹟流傳區域

除沖繩縣以外的各個地區

獺是十分擅長游泳的哺乳類，這種生物曾廣泛棲息在日本各地，相傳獺和狐狸、狸貓等動物一樣，會幻化為人類行動；牠不但可變化為俊男美女，也曾傳出獺殺害人類的傳聞。但據說只要問牠：「你是誰？」牠就會緊張地口齒不清，若問牠：「你是哪裡人？」牠則會回答：「河合」等莫名其妙的答覆，可見牠也有膽小的一面。

人型

聚落

鬼女

因強烈怨念幻化為鬼的女子

鬼女是指含恨而化為鬼（↓20頁）的女子，若是由老婦人化成的鬼也稱為鬼婆婆；鬼女受到怨念和瘋狂所控制，因此會詛咒、襲擊、殺害人類。能劇中所使用的「般若之面」就完美地詮釋出鬼女的形象，展現了相當可怕的神情；從古至今女子化為鬼的傳聞所在多有，這類事件也常出現在傳說與古典藝術、文學等題材當中。

能力

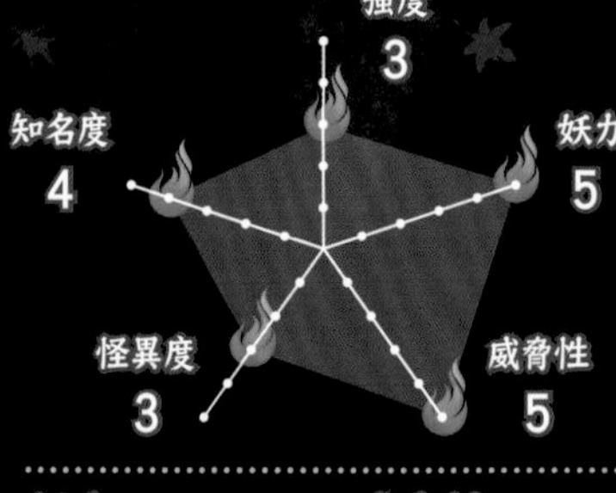

妖力　5

雖然鬼女沒有像鬼一樣的怪力，但她還是能以強力的詛咒殺害人類；而她也是種意念極深的妖怪。

威脅性　5

滿懷怨念的鬼女時常襲擊人類，具有強大的威脅性；而她原本的人類身分也為她增添了點悲劇色彩。

事蹟流傳區域

除北海道、沖繩縣以外的各個地區

第三章 聚落裡的妖怪 鬼女

插圖：aohato

妖怪故事 第十八夜「安達之原的鬼婆婆」

從前，有位京都的大臣生了一名可愛的小公主，大臣雖然細心地照顧她，但小公主到了5歲卻還不會開口說話，他雖然尋遍名醫，但每個醫生都告訴他這是與生俱來的疾病，可是大臣無論如何都想治好小公主，於是他便帶著小公主向某位占卜師求助，占卜師告訴他：「只要吃下孕婦腹中胎兒的肝臟，小公主就能痊癒」。

雖然這個方法十分駭人，但大臣還是喚來名為岩手的奶媽，請她為了公主取來嬰兒的生肝，身為家僕的岩手無法拒絕他的請託，只好決定踏上取肝的旅程，並在出發前把繡有自己模樣的護符交給了女兒；然而岩手跋山涉水還是找不到生肝，就這樣一路走到了遙遠的安達之原，此時岩手改變心意決定定居在附近的石屋之中，等待旅行至此的孕婦。

此後隨著時光的流逝，年華老去的岩手也成了一個老太婆，有一天，一對年輕的夫婦來到這間石屋之中，岩手對二人說：「你們迷路了吧，這位夫人有孕在身，就讓她在此休息吧。」將這對夫婦留在家中過夜；不久之後婦人突然腹痛如絞，岩手便告訴丈夫藥鋪的位置藉此將他趕出屋外，並趁機拿出菜刀剖開婦人的肚子，終於得到了夢寐以求的生肝。

正當岩手以為她終於可以回到京都的時候，卻見到婦人的屍體上似乎藏著什麼東西，當她伸手取出掛在婦人頸上的護身符時，赫然發現那是岩手當年在出發前交給女兒的護符，而岩手適才殺害的正是她親愛的女兒；岩手對自己的作為懊悔不已，她抱著自己的頭不停地哭泣，她哭著哭著終於逼瘋了自己，最後真的成了一個會獵殺旅人為食的鬼婆婆。

～取自真弓山觀音寺「奧州安達之原黑塚緣起」

妖怪專欄

著名的鬼女們

在此本書將介紹幾位著名的鬼女。首先是138頁就介紹過的「安達之原的鬼婆婆」，她的傳說早在平安時代就已廣為流傳，是位頗有歷史的鬼女。這位鬼婆婆被叫佑慶的和尚制伏後，便葬在阿武隈川沿岸，當地因此而被稱為「黑塚」，這個黑塚也保留了下來。

此外，在信州戶隱（今長野縣）也留有著名的鬼女傳說。紅葉是膝下無子的夫婦向第六天魔王（佛教中的魔王）祈禱後所生，紅葉能以秘術製造分身、治療傷口與疑難雜症，甚至能詛咒他人令對方虛弱。但她最後還是因為事跡敗露而遭到逮捕，最後被流放到戶隱。

至於位在三重縣與滋賀縣縣界上的玲鹿山上，也有一位名為玲鹿御前的鬼女，她是位身穿高雅和服的美女，擅長神通與劍術，關於這名鬼女的傳說雖然眾說紛紜，但相傳她為了征服日本曾到過天竺（今印度），但卻和征夷大將軍坂上田村麻呂墜入愛河，從此成為他降妖除魔的助手。

歌川國芳《東海道五十三對 土山》

鳥山石燕《畫圖百鬼夜行》裡的黑塚

鍋田玉英《怪物畫本》中的「葵之上」（國際日本文化研究所館藏）

取自月岡芳年《新形三十六怪撰》中的「平維茂 戶隱山降伏惡鬼圖」

人型

倩兮女

在圍牆對面訕笑的巨大女子

古人所留下的繪畫

鳥山石燕《今昔百鬼拾遺》裡的倩兮女

事蹟流傳區域

不詳

倩兮女曾出現在鳥山石燕的畫集《今昔百鬼拾遺》中，是種會在圍牆上窺伺，並發出尖聲怪笑的巨大女性妖怪，一般認為倩兮女應是塗著口紅誘惑男人的輕薄女子靈魂幻化而成。而其他地區也存在這類訕笑的女性妖怪，如出沒在高知縣深山中的「笑女」就能發出傳遍山林的響亮笑聲，此外巨大的頭顱妖怪「大首」也會用笑聲嚇人。

人型

山妖

棲息於奄美群島的紅色精靈

古人所留下的繪畫

名越佐原太時敏在《南島雜畫》中描繪的山妖

事蹟流傳區域

奄美群島

流傳於奄美群島、有如河童（↓86頁）般的妖怪，臉部與犬、貓、猴十分相似，體格矮小如孩童、肌膚和頭髮呈紅色、長著一顆河童腦袋、手腳纖細、非常愛吃魚眼、蝸牛等食物。山妖雖然個性溫和，但由於它身上有一股山羊的味道，所以非常討厭別人說它很臭。山妖又被稱為細葉榕精靈，是與樹精（↓26頁）相當類似的妖怪。

妖怪專欄

妖怪之旅4 ~妖狐篇

狐狸向來被視為稻荷神的使者，在稻荷神社內也都會擺放狐狸的雕像，因此狐妖可說是最容易見到的妖怪，本書將介紹幾處狐狸傳說的聖地。首先是九尾狐（↓176頁）遭降服後化成的「殺生石」（櫪木縣那須郡那須町湯本）。據說這塊石頭如今仍不斷地吐出毒氣，即便當地現在已經成為觀光景點。此外，在岡山縣及愛知縣等地區，據說還留有殺生石碎裂時的碎片。

接著就是被稱作安倍晴明之母的狐狸「葛之葉」，她不但被供俸在「信太森葛之葉稻荷神社」中，也是城鎮名稱的起源。神社中仍保留葛之葉幻化為人時，用以照出身影的水井。

而由狐狸所造成的「狐火」也是極為知名的靈異現象，「王子稻荷神社」（東京都北區岸町）就是狐火的名勝之一，相傳關東的所有狐狸會在每年除夕時齊聚於此，可想見其狐火景象之壯觀；當地基於這個傳說，遂於每年除夕時舉辦稱之為「狐狸遊行」的祭典。

至於名字雖不是舉國皆知，但在地方上卻相當著名的狐狸也所在多有，像是三河（今愛知縣）大通寺的「城藪稻荷神社」（愛知縣新城市長筱）裡供俸的「虎狐」，以及中國地區「丸小山不動院」（廣島縣廣島市中區江波東）裡的「產狐」等等。

插圖：難波吉備

人型

聚落

克魯波克魯

雖然友善但樣貌不能被看到

它們是比北海道原住民阿伊努族更早在北海道定居的矮人族，克魯波克魯意指「蕗葉下的小人」，身形嬌小、擅長漁獵，雖能友善地與阿伊努人交流，但卻十分討厭讓人類看見自己的樣貌，據說曾有一位阿伊努青年趁著夜裡捉住一名女性克魯波克魯，此舉惹怒了他們，因而舉族遠離了人類。

事蹟流傳區域

北海道

能力

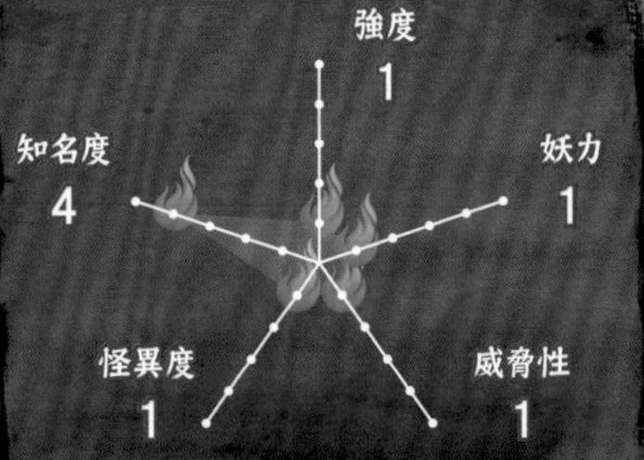

威脅性　1

過去曾透過以物易物等方式與阿伊努人保持著友善地關係，而這種善良妖怪之所以消失，終究還是人類的過錯。

知名度　4

克魯波克魯是北海道常見的工藝品，而它們也時常成為兒童文學與動畫的素材。

插圖：岩元辰郎

人型

聚落

潑砂婆婆

無影無蹤的惡作劇婆婆

會在人們經過人煙罕至的森林或神社之際，從頭頂上撒下大量砂子嚇人的妖怪，只不過從來沒人真正見過她真正的樣貌，也有人認為這是狸貓所為，但不知為何人們還是稱之為「婆」；此外，其他地區也有和潑砂婆婆一樣會潑灑砂子的妖怪，如新瀉縣的「撒砂狸」和青森縣的「撒砂狐」等，多半都認為這一切都是動物所為。

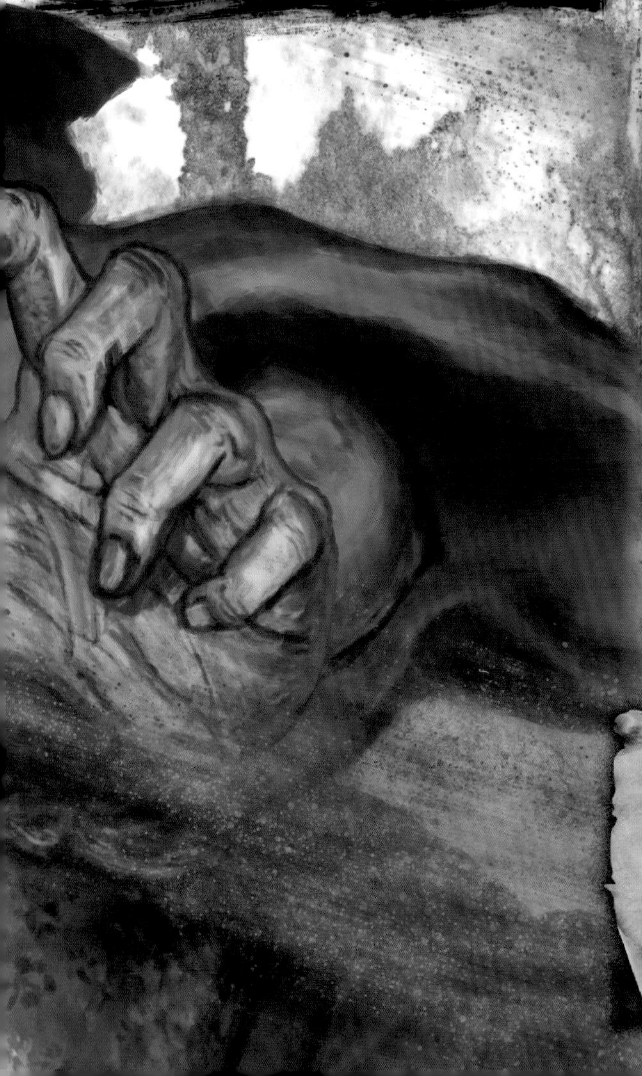

事蹟流傳區域

近畿

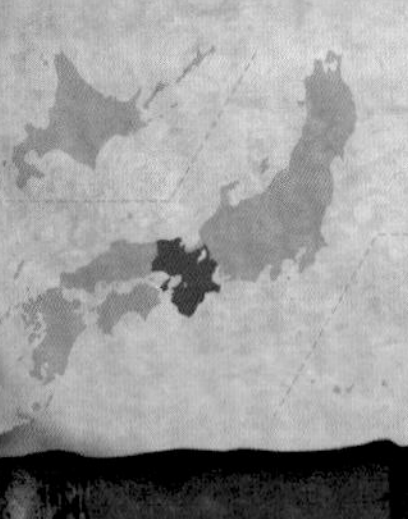

潑砂婆婆

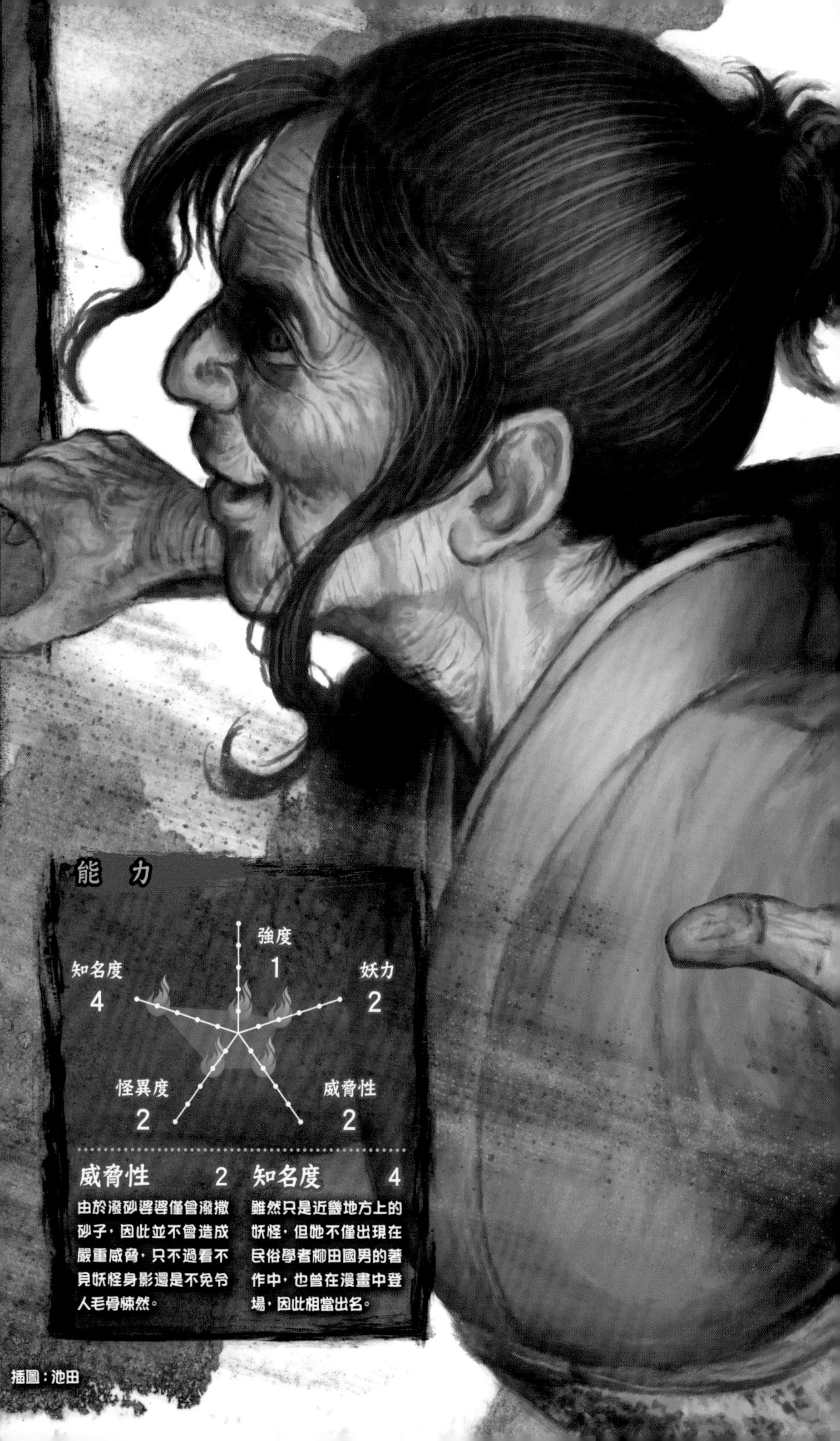

能力

威脅性 2

由於潑砂婆婆僅會潑撒砂子，因此並不會造成嚴重威脅，只不過看不見妖怪身影還是不免令人毛骨悚然。

知名度 4

雖然只是近畿地方上的妖怪，但她不僅出現在民俗學者柳田國男的著作中，也曾在漫畫中登場，因此相當出名。

插圖：池田

異形

頽馬

僅會致馬於死的恐怖怪風

古人所留下的繪畫

取自三好想山《想山著聞奇集》「頽馬之事」

事蹟流傳區域

除北海道、九州、沖繩以外各地區

這種妖怪是會突然殺死路上馬匹的怪風，它能從鼻孔進入馬匹體內，再從肛門竄出。在尾張（今愛知縣）與美濃（今岐阜縣）等地區稱之為「馬魔」，馬魔是乘著一匹螢光色的小馬、形貌有如公主般的女子，據說它會突然自半空中現身，並且在微笑著抱住馬臉以後消失不見，這時馬匹便會立刻在原地右轉三圈倒下後暴斃。

人型

掌中目

人家有眼睛呢，你看，就在手裡喔

古人所留下的繪畫

鳥山石燕《畫圖百鬼夜行》裡的掌中目

事蹟流傳區域

京都府

鳥山石燕《畫圖百鬼夜行》裡手上長有眼珠的妖怪。雖然鳥山石燕並未對掌中目下過註解，但還是有跟此妖怪相關的故事。相傳有位年輕人聽說京都七條河原的墓地裡有妖怪出沒，便決定到那裡試試膽子。到達時看見一名看似80歲的老人，老人手掌上長著兩個眼珠，這名年輕人雖然順利躲進寺廟裡，但還是慘遭妖怪吃掉。

人型

百百目鬼

遭受懲罰長出許多眼睛

古人所留下的繪畫

鳥山石燕《今昔畫圖續百鬼》裡的百百目鬼

事蹟流傳區域

不詳

鳥山石燕繪於《今昔畫圖續百鬼》中，是手臂上長滿了眼睛的女妖怪；相傳從前有名生性喜愛偷竊的女人，她時常偷走別人身上的財物，於是寄宿於遭竊財物裡的精靈便附身在她手上，而她的雙手就因此長滿了鳥類的眼睛。古代銅錢中央都開有小孔，由於孔洞形狀類似鳥眼，因此以前才會以「鳥目」一詞借指金錢。

人型

泥田坊

因田地被賣掉的怨恨而化為妖怪

古人所留下的繪畫

鳥山石燕《今昔百鬼拾遺》裡的泥田坊

事蹟流傳區域

東北

鳥山石燕曾將泥田坊繪於《今昔百鬼拾遺》中，是一種身體埋在田裡、僅露出上半身的獨眼妖怪，相傳在某個北國中，有個農民為子孫留下田地以後就去世了，但他的兒子整日只知玩樂不事生產，最後甚至還將田地賣掉，從此以後，這個妖怪每到夜裡就會出現，並且呼喚著「還我田來，還我田來」的怨言。

獸型

聚落

鵺

極為不祥的動物聚合體

鵺是擁有猿頭、貍身、虎爪、蛇尾的妖怪，在平安時代，它每天晚上都會伴隨著黑氣及詭異地叫聲現身，天皇甚至因為過度害怕而臥病不起，據說源賴政遂加緊戒備成功降伏了鵺；鵺原本是指半夜啼叫的妖鳥，一般認為其真實身分應是「咻——咻——」啼叫的虎斑地鶇。

能力

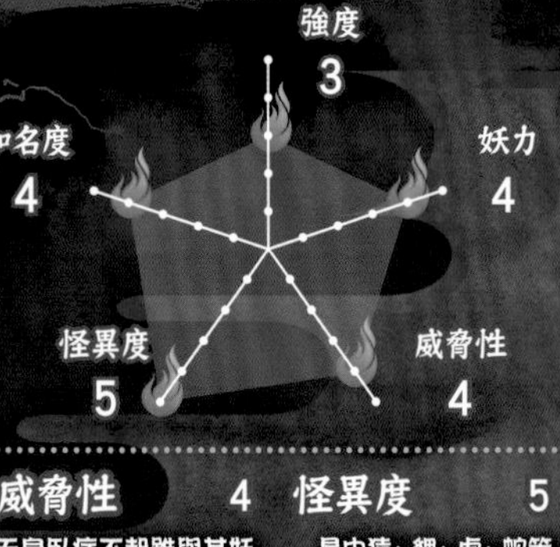

威脅性 4

天皇臥病不起雖與其妖力無關，但它的叫聲與身影卻散發出不祥的氣息。

怪異度 5

是由猿、貍、虎、蛇等動物結合的怪物，在動物型妖怪中可說是最為奇特的一種。

事蹟流傳區域

京都府

第三章 聚落裡的妖怪　鵺

古人所留下的繪畫

月岡芳年《新形三十六怪撰》的「豬早太與　」，圖中描繪著源賴政和家臣豬早太降伏　的景象（國際日本文化研究所館藏）

插圖：池田正輝

妖怪故事 第十九夜「鵺」

潛伏於黑雲中的妖物

這位名為源賴政的武將聲名之所以能遠播全日本，全都要歸功於他在近衛天皇時期，發生了一件讓天皇每晚害怕不已的事件；由於每到深夜2點左右，從東三條的森林方向都會飄來一團黑雲壟罩整座御所，每每讓天皇寢食難安，朝廷官員為此便進行了一場會議，事實上早在掘河天皇時期就曾發生過相同的情況，而當時貴為將軍的源義家便扛起了警備重任，據說每到黑雲將要出現之時，源義將軍就會拉響弓弦3次，大聲地報上自己的名號平息了黑雲作亂，因此官員們便決議效仿這個方式，命令在武士之中以弓術見長的好手源賴政降伏這隻妖怪。

於是賴政找來自己最信任的家臣豬早太和他一同在御所戒備，到了深夜東三條森林方向正如傳聞所言，飄來一團黑雲環繞在御所上方，黑雲之中隱約有可疑之物蠢蠢欲動，雖然賴政心想：「萬一射偏的話必死無疑。」但他還是默念：「南無八幡大菩薩」拉滿弓弦射出箭矢，而他在成功射中這隻妖怪後興奮地喊道：「射中啦，好啊。」豬早太見狀立即衝向前去制住摔倒在地的獵物，為防妖怪掙脫他還以手裡的刀子連續刺了妖怪九下；據說當御所裡的人們持燈火照亮妖怪身體後，竟看見一匹擁有猿頭、貍身、蛇尾、虎爪，叫聲有如虎斑地鶇的妖物，天皇十分感佩賴政功績，遂賜予他一把名曰獅子王的寶劍，至於那隻妖怪的屍體，似乎已被丟入船內流入大海之中。

相傳數年之後，二條天皇也遭到鵺的啼叫聲侵擾，於是再度請來賴政應對，由於只會鳴叫一次的鵺會躲藏在漆黑的暗影中，賴政便想出以能發出聲響的鋒鏑驚擾鵺，再運用第二支箭將之射穿的方式成功降伏了。

～取自《平家物語》卷第四 十四 鵺

妖怪專欄

妖怪之旅5 ～化貍篇

貍貓是人氣不下於狐狸的動物妖怪，與其有關的名勝也相當多。

其中享有貍貓王國美譽的四國，這類名勝的數量自然不在話下；首先在「阿波貍合戰」的舞台德島縣，當推「金長貍」和「六右衛門貍」這兩大主角進行介紹，前者被奉為「正一位金長大明神」（德島縣小松島市中田町），後者則成了「六右衛門貍大明神」（德島縣德島市津田西町），在六右衛門貍大明神附近也供奉了牠的手下大將「權右衛門貍大明神」。

此外在四國也享有盛名，並曾在動畫《平成貍合戰》中登場的「屋島三太郎貍」（別名屋島禿貍），不但是日本三大貍貓之一，還是供俸於「屋島寺」中的「簑山大明神」（香川縣高松市屋島東町）；「隱神刑部貍」雖然長年守護著松山城，但最後卻被捲進御家騷動中，如今在牠被封印的地方還保留著「山口靈山隱神刑部貍」的洞窟。

至於關東地區也有幾處流傳著貍貓傳說的地區，像是「茂林寺」（群馬縣管林市掘工町）中就保有「文福茶鍋」的故事原型，故事裡的茶鍋至今也還保存在寺中，成為開放一般遊客參觀的鎮寺之寶，而《證城寺貍貓》這首童謠也是源自於證城寺（千葉縣木更津市富士見）的傳說，寺中存有貍貓塚和童謠紀念碑等物。

插圖：難波吉備

人型

聚落

滑瓢

看似普通老人竟是妖怪的頭領!?

滑瓢是個後腦杓突起的禿頭妖怪，它的外貌與身穿高雅和服的老人無異，它在岡山縣被視為海妖，但到了秋田縣卻成為百鬼夜行的成員之一；不知何故滑瓢常喜歡突然在人類面前現身，但卻不常加害於人，相傳它常會光明正大地闖入民家而不引起屋主懷疑。一說它是妖怪的頭領。

古人所留下的繪畫

佐脇嵩之《百怪圖卷》的滑瓢，據說這是他臨摹平安時代畫師手跡的作品，從圖中可知它的形象自古以來就是個後腦杓突出的老人。

能　力

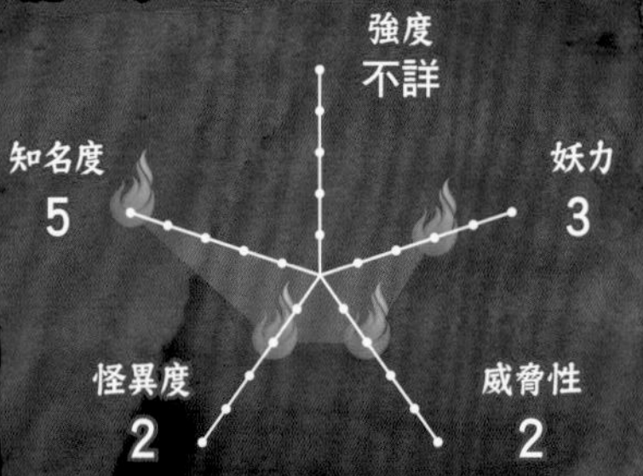

怪異度 2

雖然它突出的後腦杓的確會啟人疑竇，但其自然的態度卻讓人無法發覺它其實是妖怪。

知名度 5

它在水木茂的作品《鬼太郎》中，常以鬼太郎死敵的身分登場，是相當知名的人型妖怪。

事蹟流傳區域

不明

第三章 聚落裡的妖怪　滑瓢

插圖：鯵屋槌志

人型

聚落

無臉妖

頂著一張沒有五官的臉嚇人

傳說曾有人在東京的赤坂、京都的二條河源等地目擊沒有五官的妖怪，也曾被畫為一團肉塊，相傳曾有男子在赤坂撞見一名沒有五官的女性無臉妖，當他嚇得躲進蕎麥麵店時赫然發現店主也是無臉妖；至於京都的平臉妖則是會在地面爬行的平頭妖怪，據說它們都是由野獸幻化而成。

能力

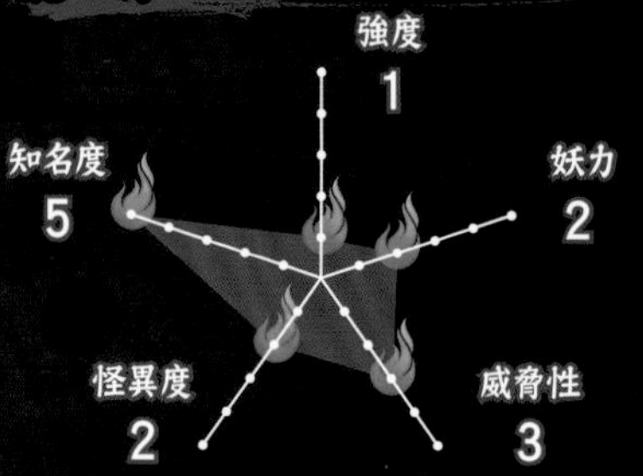

威脅性 3

若以為它只是平凡的人類，可是會被那張臉嚇一跳喔，這麼說來平臉妖怪還比較不可怕吧？

知名度 5

如肉塊類型的妖怪同伴相當多，看來日本人真的很害怕沒有臉的妖怪呢。

古人所留下的繪畫

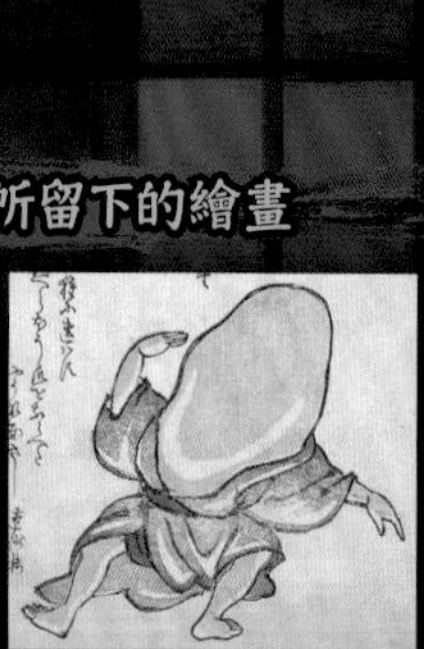

龍齋閑人正澄《狂歌百物語》的無臉妖，繪師將它畫成了有如米粒般且生有手腳的妖怪。

事蹟流傳區域

除北海道以外各地區

第三章 聚落裡的妖怪 無臉妖

插圖：ISHI

妖怪故事 第二十夜「貉」

它的臉是長這個樣子嗎？

這個故事發生在東京還被稱作武藏國的江戶時，在現在的赤坂見附路口有一條通往新宿通的上坡路，由於紀州藩邸當時就位於附近一帶，因此這條上坡路就被命名為紀伊國坂（又作紀之國坂）。

當年這附近往來的行人不多，所以紀伊國坂過去是一條安靜的道路，那時人們十分害怕撞見危險的貉，因此每到夜裡人們都會避開紀伊國坂周圍。

但某天夜裡卻有一名老人爬上了這條人煙罕至的坡道，他因為有急事不得不抄捷徑趕路，正當這名老人向護城河方向走去時，卻在半路上遇見一名低頭啜泣的年輕女子，乍看之下與一般人沒有差別，老人擔心這名女子遇到困難於是就向她搭話。

然而她卻仍然哭個不停，就算老人再度問她發生了什麼事，女子還是不停啜泣，於是老人就問她是否需要自己幫助。

這時從未回過頭來搭理老人的女子，終於把和服的袖子移開露出臉龐，可是隱藏在她雙手之下的臉上竟然沒有五官。

這出乎意料的驚人情景嚇得老人丟下提燈，連滾帶爬的逃走了。

他逃離現場後直到看到蕎麥麵攤販的燈火，才總算放下一顆七上八下的心向店主人搭話，但驚魂未定的老人還是無法好好說清楚，他方才遇見女性無臉妖的來龍去脈。

蕎麥麵店的店主看到老人的樣子，就抹了抹自己的臉向老人問道：「她是長這個樣子嗎？」店主的五官居然在一瞬間消失，老人看到化為無臉妖的店主後就活活地嚇死了。

～取自小泉八雲《怪談》「貉」

妖怪專欄

無臉妖的同類

無臉妖是臉上沒有五官的妖怪，本書將在此介紹同樣擁有一張平滑臉蛋的同類妖怪。

「無臉鬼」是狀似巨大米粒的肉塊妖怪，據說這種源自於靜岡縣的妖怪在進食之後就會獲得強大力量，而這個奇妙妖怪身上還長有類似人臉的皺褶，平時只會漫無目的的遊盪並以嚇人取樂；至於出沒在京都的「尻目」和無臉妖一樣沒有五官，但它的肛門上卻長著一顆閃閃發光的巨大眼珠，是個會嚇唬人類兩次、外觀相當下流的妖怪；無臉妖的靈異故事特點就是會嚇唬當事人兩次，可見其他同類的行動模式大致上相去不遠。

還有一種名為「黑齒纏」的女妖怪，她的臉上除了張染黑齒的嘴以外再也沒有其他五官，乍看之下她只是個俯跪在路旁的女子，但只要有路過的男子向她搭話就會顯現真面目，其故事脈絡基本上和無臉妖並無二致。

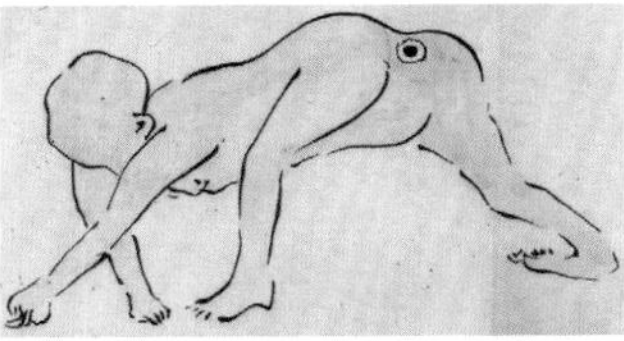

鳥山石燕《畫圖百鬼夜行》的無臉鬼

與謝蕪村《蕪村妖怪繪卷》的尻目

竹原春泉《繪本百物語》的黑齒纏

獸型

聚落

化狸

膽小又可愛的變身狸貓

狸貓是和狐狸並稱為善於變化的小動物，其中真正擁有變身能力的狸貓就稱為化狸，也是日本人相當熟悉的妖怪，據說在岩手縣曾有狸貓化為房東混入婚宴中，卻在宴席上如同野獸般吃喝而遭識破；雖然化狸能成功瞞天過海的傳聞不多，但也有像文福茶壺故事中化為茶壺賺了大錢的例子。

事蹟流傳區域

除北海道、沖繩以外各地區

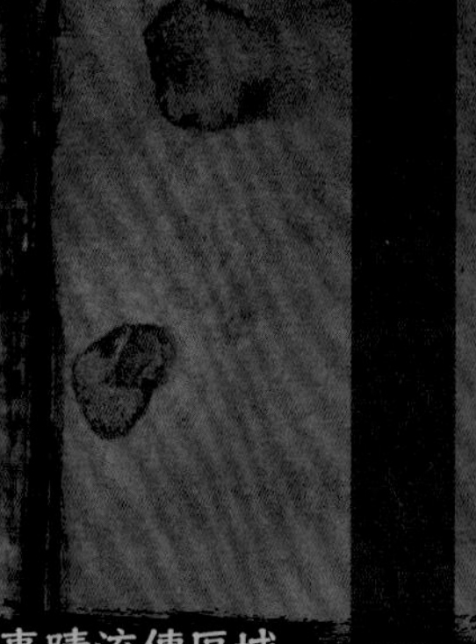

第三章 聚落裡的妖怪 化貍

能力

怪異度　2

乍看之下與一般狸貓相同，但部分化貍的體型甚至與常人無異。

知名度　5

化貍們會砰砰砰地聚在一起唱著狸貓歌舞，可是日本全國上下都知曉的傳說。

古人所留下的繪畫

鳥山石燕《畫圖百鬼夜行》的狸，化貍以動物之姿運用雙足站立的情景

插圖：難波吉備

妖怪故事 第二十一夜「阿波貍合戰」

熱血男兒的作風在四國狸貓身上表露無遺

在江戶時代末期被稱作天保年間的1830年代，德島藩日開野（今德島縣小松島市）住著一隻名為金長的狸貓，有天村裡的居民們燃起了枯草，打算將棲息在大樹中的金長燻出，這時在日開野經營染坊「大和屋」的老闆茂右衛門正好經過，他對金長動了惻隱之心於是決定出手相救，金長獲救後為報答他的恩情，便搬到「大和屋」成為染坊的守護神，大和屋的生意也因而日漸昌榮。

幾年以後金長為了鍛鍊自己，於是帶著手下藤木鷹拜入掌管四國所有狸貓的大頭目，也就是名東郡津田浦的老狸貓六右衛門的門下，金長和鷹在六右衛門身邊通過了嚴格的修行，兩人的實力也日漸提升，終於讓六右衛門對牠們產生了顧忌，於是六右衛門決定將女兒小安姬嫁予金長，並打算將牠收為養子以鞏固實力減少敵人，然而金長卻以茂右衛門的大恩未報為由婉拒，就此回到了日開野。

六右衛門雖派出追兵劫殺兩人，但卻只成功殺害了金長的部下鷹，怒火中燒的金長為報部下被殺之仇，於是著手召集與自己交好的所有狸貓。

四國的所有狸貓以勝浦川為界一分為二，拉開了「阿波狸合戰」的序幕；金長與六右衛門分別率領約600隻狸貓，在勝浦川下游平原展開長達三天三夜的會戰，金長雖然成功在戰鬥中手刃六右衛門，但自己卻也身負致命重傷，決定要在茂右衛門身邊嚥下最後一口氣的金長回到了日開野，而牠也在述說完自己對茂右衛門恩情的感激之後死去。

然而這場大戰卻未因此平息，兩軍陣中的死亡人數仍在增加，為此讚岐屋島的狸貓統帥太三郎禿遂出面調停，才總算順利平息這場戰爭；據說茂右衛門十分感念金長的作為，於是將牠奉為正一位金長大明神祭拜。

～取自神田伯龍 演說《四國奇談實說 古狸合戰》

妖怪專欄

著名的化貍

化貍留下了各式各樣的傳聞，其中不乏名震全國的貍貓名士，尤其是「日本三大貍貓」及「日本三名貍」更為日本人傳頌至今。

三大貍貓傳說分別是：為報答男子救命之恩遂化身為茶鍋，讓他變賣後逃離當鋪，並以半貍半鍋之姿供人觀賞的群馬縣傳說《文福茶鍋》、為嚇唬一名不懼怕任何妖怪的和尚，一群貍貓便敲打肚子跳起歡快的歌舞，和彈奏三味線的和尚鬥法三天三夜的千葉縣傳說《證城寺的貍貓》；以及自古就出仕於松山藩的老貍貓隱神刑部，介入藩主家中騷動的愛媛縣傳說《松山騷動八百八貍物語》。

至於三大名貍則分別為：平家滅亡後成為屋島寺守護神的變身好手，香川縣高松市屋島的「三太郎貍（屋島的禿貍）」、以人類之姿外出卻遭狗追殺，最終悲慘死去的兵庫縣淡路島「芝右衛門貍」；以及新潟縣佐渡島上以金錢援助處境困難者的「團三郎貍」。

話本《八百八貍 松山奇談》

竹原春泉《繪本百物語》的芝右衛門貍

取自月岡芳年《茂林寺的文福茶鍋》的「文福茶鍋」
（國際日本文化研究所館藏）

河鍋曉齋《狂齋百圖》的佐渡國同三貍

人型

聚落

獨眼小僧

喜歡搗蛋的小和尚

乍看之下與從前寺廟中隨處可見的小和尚無異，但當人們發現它只有一隻眼睛時都會被嚇得半死，據說有人甚至被它嚇得昏死過去，雖然獨眼小僧基本上只會在屋外嚇人，但聽說它也曾對江戶武士宅邸內的掛軸惡作劇；據說同樣只有一隻眼睛的「唐傘小僧」也是它的同類。

能　力

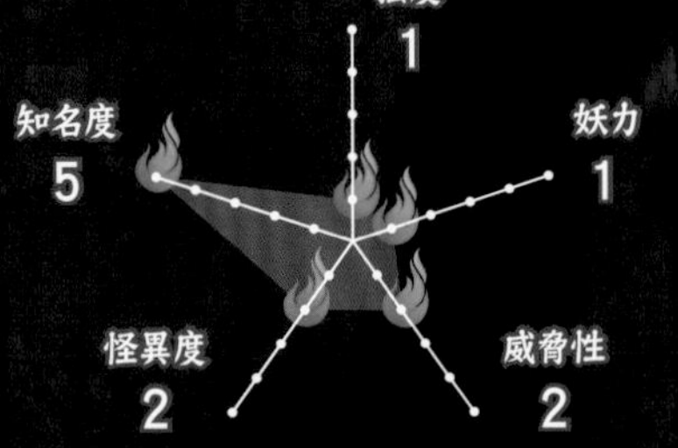

威脅性　2

它只會反覆地將掛軸拿上拿下，頂多做些小孩子的惡作劇，是個性溫厚的無害妖怪。

知名度　5

撞見回過頭來的獨眼小僧，可不是普通的可怕，只要看過一次足以令人永生難忘，屬於可愛妖怪的代表性人物。

古人所留下的繪畫

取自北尾政美《妖怪著到牒》；即便是在江戶時代出版的成人妖怪繪本，也會有著名的獨眼小僧登場。

事蹟流傳區域

東北、關東、中部、近畿、中國、九州

第三章 聚落裡的妖怪　獨眼小僧

插圖：長　佑介

妖怪故事 第二十二夜「獨眼國」

誤入獨眼村的男子

有位周遊諸國的六部（巡禮僧）向一名香具師師傅借宿，所謂的香具師就是指在露天場地賣藝者，香具師為了生計必須不斷找尋表演靈感，於是他在隔天早上便對六部說：「像您這般雲遊四方的大師想必見多識廣，可以請您告訴我幾件奇聞異事嗎？」六部雖然不知道能否幫得上忙，但還是對他說了一件奇聞。

原來這位六部在來此途中一度迷失方向，他埋頭向東方走去進入了一座森林，但走到日落西山卻不見城鎮，於是他只得做好露宿的打算，在樹根旁坐了下來稍事休息，這時候他突然聽見有人在叫喚著「叔叔」，回頭一看，是個年約5、6歲的小女孩，而這個女孩竟然只有一個眼睛，六部在驚嚇之中慌忙奔出，逃離了那座森林；香具師聽聞此事後大喜過望，於是包起一塊金子贈予六部。

香具師為尋訪這名獨眼孩童，當天就整裝出發展開旅程，但即使他遵照六部的說法不斷地朝東走去，卻也不見任何異狀發生，正當他以為自己遭六部所騙而感到懊悔之際，卻在約500公尺之處見到一片森林，於是他便進入森林中找到可能是六部口中所說的地點，隨後邊依樣畫葫蘆地在樹根附近抽著菸草休息，果不其然那名獨眼女孩的呼喊聲再度出現，香具師心想：「只要逮到這孩子讓大家開開眼界我可就發財了。」雖然抓住獨眼女孩的香具師一心想走出這座森林，但村裡的大人們聽見孩子的哭聲，便查覺到有人要擄走孩子，立刻趕了過來，香具師反而被村民們抓進村中，這時他才察覺村民和奉行所裡的官員都只有一隻眼睛，而獨眼奉行見到他竟訝異地說道：「這傢伙居然有兩隻眼睛哪，把他送出去讓大家開開眼界！」。

～取自落語《獨眼國》

人型

兵主部

體毛濃密但頭髮稀疏

古人所留下的繪畫

鳥山石燕《畫圖百鬼夜行》的兵主部

事蹟流傳區域

九州

流傳於九州的妖怪，頂著一顆光滑的禿頭與覆蓋全身的體毛，在佐賀縣武雄市潮見神社的傳說裡是人力不足時被賦予靈魂的人偶，工作完成後這些被丟入河裡的人偶就化為兵主部。雖然和河童一樣棲息於水中，但喜歡的食物並非黃瓜而是茄子，據說工作完成的當年會以長槍刺下剛成熟的茄子，放置在田邊當作兵主部的祭品。

異形

震震

讓人們嚇得發抖的原因何在？

古人所留下的繪畫

鳥山石燕《今昔畫圖續百鬼》的震震

事蹟流傳區域

不詳

震震在鳥山石燕的《今昔畫圖續百鬼》中，是會像幽靈般從樹叢陰暗處緩緩冒出的妖怪，不過至今仍不清楚這種妖怪源自何方；震震顧名思義就是會令人類忍不住瑟瑟發抖的妖怪，震震就算不在人類面前現身，也能在特定地點附身在人們身上，令人不由得害怕地想拔腿就跑。它也被稱為「膽小神」、「瑟縮神」。

異形

聚落

黏黏妖

不見蹤影的隨從

能　力

能力	數值
強度	1
妖力	2
威脅性	2
怪異度	3
知名度	3

妖力　2

因為它從不顯現真身，所以在水木茂畫出它的身影以前，從未出現任何關於黏黏妖的畫作，其真正實力仍是未知數。

威脅性　2

雖然不會傷害人類的它並不會造成威脅，但在夜晚的道路中緊跟著不放，也會令人感到十分的反感。

事蹟流傳區域

中部、近畿

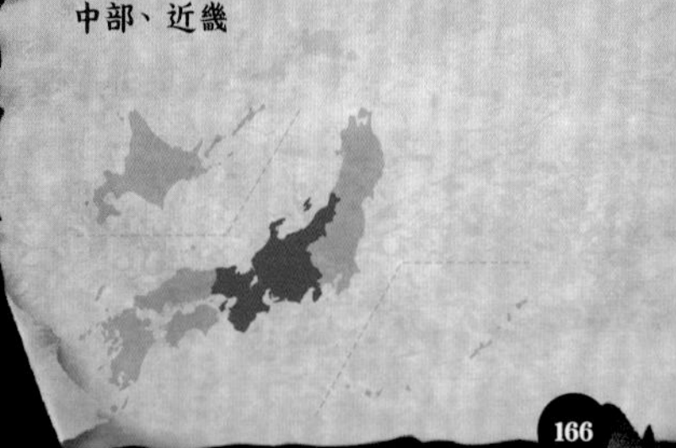

第三章 聚落裡的妖怪 黏黏妖

流傳於中部與近畿一帶的無影妖怪，主要出於山路中，趕路時雖會從背後傳來腳步聲，但一回過頭卻不見蹤影，可是卻能感覺到有人待在自己身邊，而這就是黏黏妖的作為；據說奈良縣人遇見黏黏妖時，只要對它說：「黏黏妖，您先請。」腳步聲立刻就會停止，另外也有將提燈借給黏黏妖，它就會自己先走的說法。

插圖：藤川純一

人型

聚落

見越入道

遇見後若不說破就會發生危險

又稱作見上入道，入夜後幾乎會出現在夜晚的道路上；在佐渡的傳說中，它會以小和尚的樣貌擋住坡道，並且在轉眼間化為足以令人嚇得四肢發軟的巨人，在長崎縣若不立刻對它說：「你是見越入道。」，它就會在頭頂上故意讓人說出竹子，那人隨後就會被倒塌的竹子壓死，因此經過岔路或石橋時必須特別留意。

能　力

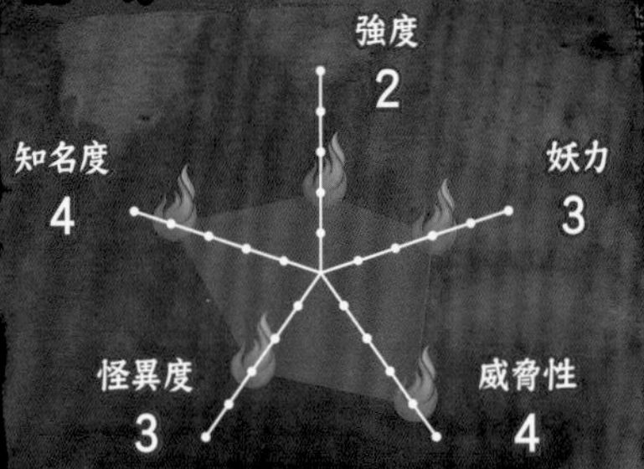

威脅性　4

在靜岡縣和岡山縣等地，也曾傳出它會割斷人類喉嚨的傳聞，因此遇見它時必須立刻拆穿他的真面目才能避險。

知名度　4

除石橋、十字路、丁字路等岔路外，也會在樹上出沒，蹤跡遍布全日本，可說是舉國皆知的妖怪。

古人所留下的繪畫

鳥山石燕《畫圖百鬼夜行》的見越，雖然部分繪師會賦予它轆轤首般的長脖子，但它在這幅畫中則是以躲在樹木之後的樣貌出現。

事蹟流傳區域

除北海道、沖繩以外各地區

第三章　聚落裡的妖怪　見越入道

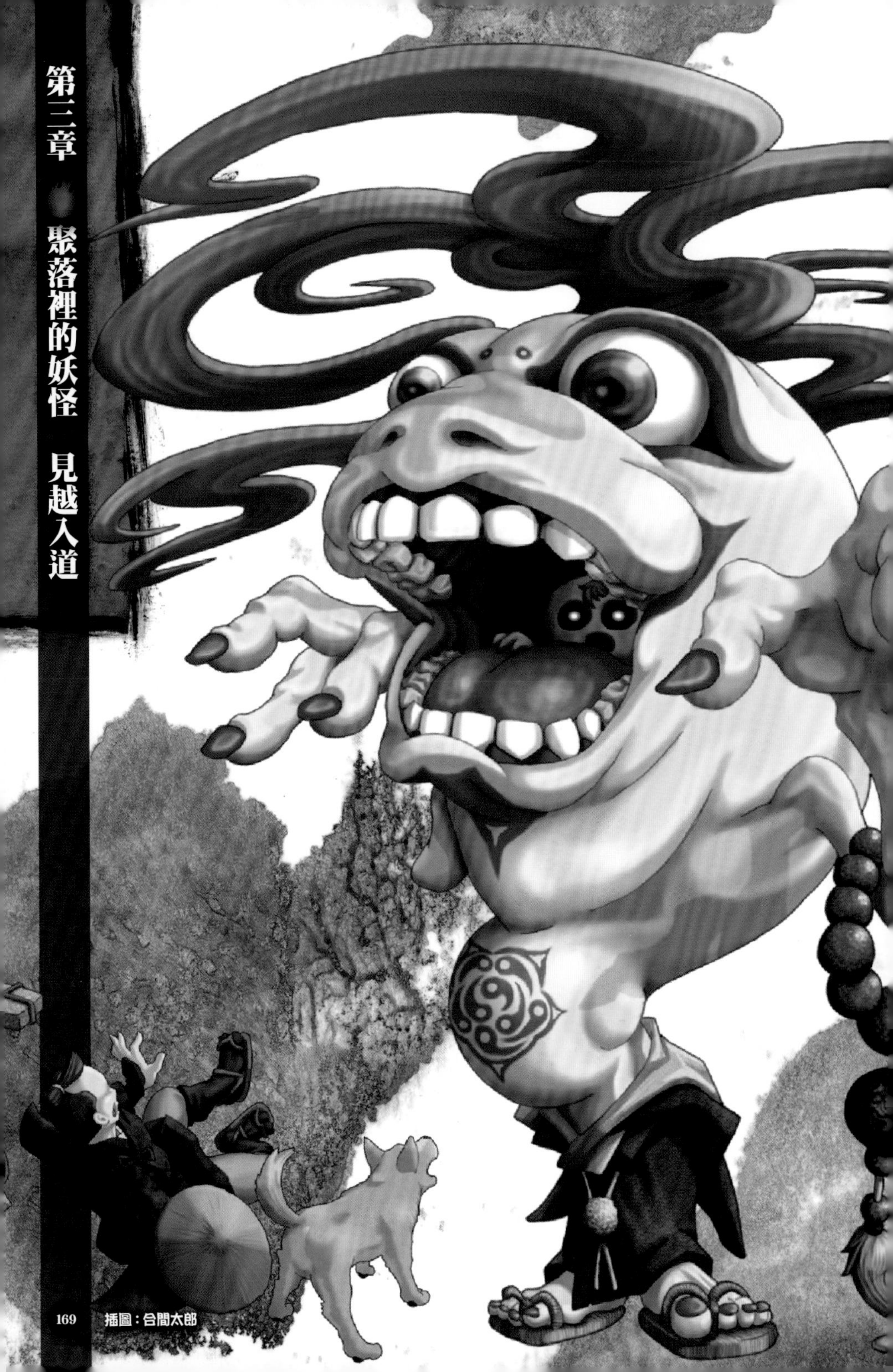

插圖：合間太郎

獸型

貉

能化為人形的小動物之一

古人所留下的繪畫

鳥山石燕《今昔畫圖續百鬼》的貉

事蹟流傳區域

日本各地

貉誠如成語「一丘之貉」所述，原本是指與狸貓同住一處的浣熊，貉一詞到江戶時代為止則是指狸貓，部分地區對貉與狸貓的稱呼甚至沒有區別，就《日本書紀》中對貉化身為人類的紀述來看，當時的庶民百姓並不會特別區分狸貓、浣熊以至於白鼻心，凡是化身為人製造麻煩的小動物就統稱為貉。

人型

百百爺

傳染疾病的麻煩老頭

古人所留下的繪畫

鳥山石燕《今昔畫圖續百鬼》的百百爺

事蹟流傳區域

不明

它與貉都是出現在鳥山石燕《今昔畫圖續百鬼》裡的妖怪。「百百爺」是中部、關東部分地區所使用的詞彙，由此推斷這種妖怪可能源於上述地區，但詳細區域仍然無法判斷。平時居住在深山中，每到夜裡便會在聚落現身，據說撞見它的人就會染上疾病；一般認為百百爺是個麻煩老人，也有一說認為它是由野豬等野獸變化而成。

妖怪專欄

七怪談2

～遠州等地的七怪談

本單元將在此接續68頁的內容，繼續介紹日本的七怪談。

流傳於遠州（今靜岡縣西部）一帶的《遠州七怪談》也以大量妖怪、奇聞聞名，例如著名的波浪小僧（→98頁）就屬其中之一，其他尚有：遇害身亡的孕婦靈魂依附在石頭上之後便會每晚發出哭聲的「夜泣石」、從深山中現身後就能分裂為數百個的怪火「天狗火」，以及相傳龍神會在突然出現在山上的池子裡休息的「池之平幻池」等怪談。

而流傳於越後地區（今新瀉縣）的《越後七怪談》，則有許多與淨土真宗的祖師親鸞有關的傳說，像是枝葉向下生長的「逆生竹」等等，另外此地也不乏如「鐮鼬」（→132頁）等妖怪的怪談。

甚至於特定的神社與寺廟中也保留了七怪談，例如位於崎玉縣川越市的喜多院寺就屬其一，寺內流傳著由龍化身的美女「山內禁鈴」、讓人進入奇妙夢境的狐狸「榎之木稻荷」、遭大斧砍傷後就會冒出鮮血的「妖怪杉木」等怪談；此外《麻布七怪談》中有巨大香蒲棲息於其中的「香蒲池」，《高尾山七怪談》也有為了不被天狗們拔起而縮起樹根的「章魚杉」等怪談；或許各位家鄉中的怪談說不定就與妖怪有關呢。

鳥山石燕《今昔百鬼拾遺》的夜泣石

鳥山石燕《畫圖百鬼夜行》的窮奇

異形

聚落

夜道怪

令人避之唯恐不及的最強妖怪

夜道怪是在四國留下不少傳說的巨大獨眼妖怪，它會在節分、除夕、百鬼夜行之日等節日夜晚騎著無頭馬現身，由於四國人害怕被夜道怪的馬踢死，因此嚴禁在在節日夜晚出門，如果從家裡看著夜道怪而被發現也同樣小命難保，據說只要裝出若無其事的樣子就能化險為夷。

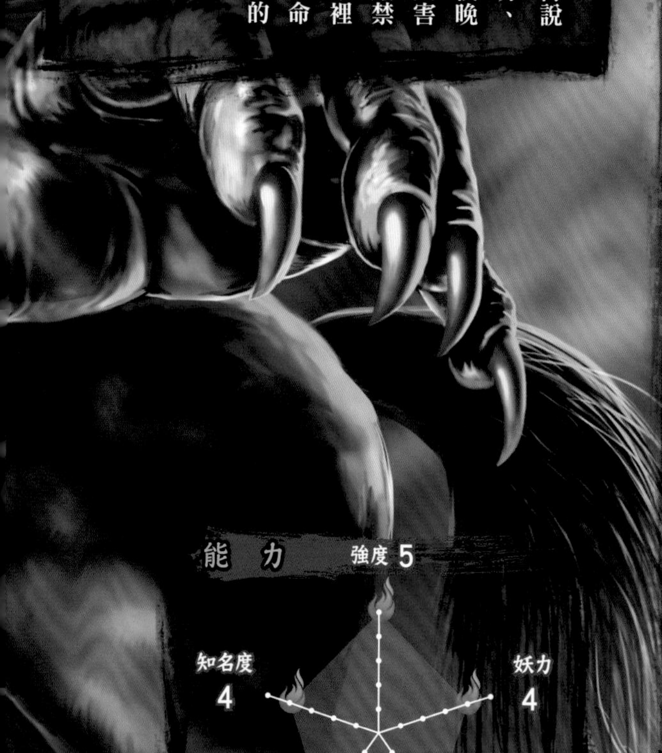

能力

強度	5
妖力	4
威脅性	4
怪異度	4
知名度	4

威脅性　4

別在夜晚出門，萬一撞見夜道怪就將草鞋頂在頭上，但不保證這類方式總是能見效。

怪異度　4

騎著無頭馬現身的英姿著實魄力十足，不過強韌的體魄和獨眼反而讓它看起來略顯可愛。

事蹟流傳區域

四國

第三章 聚落裡的妖怪 夜道怪

插圖：難波吉備

聚落

妖狐

究竟是為了報恩還是為化身人類作惡

自古以來化身能力與狸貓齊名的狐狸，其幻化後的身姿就稱作妖狐，而無論是化為人形報恩或作惡也都與化狸如出一轍；大眾對妖狐的認知不外乎喜歡油炸食物、將樹葉放在頭上大喊一聲「空」就能變身，不過古今中外卻有各種妖狐出沒，例如：九尾狐、天狐、野狐、白狐等等。

能　力

強度	妖力	威脅性	怪異度	知名度
2	5	4	2	5

妖力　5

無論是擁有天眼通的天狐，或是差點毀滅日本的九尾狐，妖狐們的實力自然不在話下。

怪異度　2

妖狐的外貌與一般狐狸無異，變身時也多半會化為美麗的女子，不過九尾狐倒是擁有一身顯眼的白色或金色毛皮。

古人所留下的繪畫

佐脇嵩之《百怪繪卷》的野狐；佇立在原野上的女子除頭髮以外，她的臉、腳和尾巴都還是狐狸，可見妖狐能夠化身為人。

事蹟流傳區域

除沖繩縣以外的各個地區

第三章 聚落裡的妖怪 妖狐

插圖：池田正輝

妖怪故事 第二十三夜「白面金毛九尾狐」

讓各國陷入危機的狐狸

九尾妖狐在西元前11世紀誕生於中國，牠化身為皇后做盡壞事，隨後便前往印度再度變成皇后，再次像過去一樣鑄下了許多罪孽。

九尾狐是在聖武天皇年間，也就是西元700年代前期出現在日本，當時牠化身為一名年方16、7歲、名叫若藻的少女，跟著遣唐使的船一同來到了日本，從此以後若藻便不知去向，但到了西元1100年初葉，牠又化身為一名嬰兒讓一對膝下無子的官員夫婦拾獲，妖狐成為這對夫婦的養女後順利地長大成人；當時名為藻女的九尾妖狐在18歲那年進入宮中，由於藻女秀外慧中且聰明伶俐，因此在宮中被譽為才女。有一次，牠在宮中舉行音樂宴會之際，因為引起了光輝燦爛的奇蹟而被稱為玉藻前，而鳥羽上皇也在初次見面以後就臨幸了牠；但不久之後鳥羽上皇卻染上重病倒下，早就察覺到異狀的陰陽師立刻就看出這是玉藻前所為，而九尾妖狐在真面目遭揭穿後就逃出了京城。

此後，由於逃到那須的九尾狐不斷擄掠當地女子，於是那須領主須藤權守貞信遂向朝廷上疏求援，朝廷隨即命令三位將軍偕同一名陰陽師，率領八萬兵馬前往那須降妖，大軍一開始雖然遭九尾狐的妖術重創傷亡慘重，但朝廷軍隨即採取用於狩獵的戰術「犬追物」，終於將這頭狐狸逼至絕境，這時貞信拿出了百發百中且在刺入身體後就無法拔出的箭矢，親手射死了九尾狐。

然而九尾狐死後卻化成一塊巨大的石頭，從這塊石頭中噴發的瘴氣足以毒暈所有有想靠近的好事者，而這顆被稱為殺生石的石頭，甚至毒死了許多打算到此鎮魂的僧侶，直到源翁和尚到來才成功壓制住殺生石，雖然殺生石從此一分為三，但據說其中一顆時至今日仍不斷地吐出毒氣。

～取自《紙本著色源翁和尚行狀源起》

妖怪專欄

著名的妖狐

所有妖狐中最著名者，莫過於死後化為不斷噴出毒氣的「殺生石」。但除九尾狐外，仍有不少名留青史的著名妖狐，像是由殺生石碎片（一說是由白面金毛九尾狐體毛）誕生的「尾裂」，據說其名字起源於牠分裂的尾巴。這種狐妖會依附在人身上。至於身形小到能塞進竹管內的「管狐」，不但在妖狐的世界中佔有一席之地，同時也是擁有附身能力的狐狸。而上述狐狸則與以狐火聞名的八王子稻荷神社的「稻荷神」劃下了勢力範圍，東京都內屬稻荷神掌管，管狐則統領中部到關東地區，尾裂則處於兩者之間，即中關東到東京多摩川一帶的夾縫地帶；而日本各地也都流傳著狐狸的傳說，例如：河內、和泉、攝津等地區（今大阪府）與人類相戀的白狐「葛之葉」、附身在人類身上使人產生異狀的「野狐」、於山梨和京都等地化身為僧侶的「白藏主」、出仕於鳥取領主的「經藏坊」，以及在西日本地區勾引有婦之夫的「產狐」等等。

取自葛飾北齋《三國妖狐傳 第一斑足王御殿之段》，化為南天竺華陽夫人的白面金毛九尾狐，在毀滅國家失敗後逃走的場景

月岡芳年《新形三十六怪撰》中的「狐狸葛之葉與童子道別圖」

竹原春泉《繪本百物語》的野狐

三好想山《想山著聞奇集》的管狐

獸型

聚落

雷獸

伴隨雷電現身的謎樣野獸

除信濃（今長野縣）與越後（今新潟縣）等地區外，也曾於全國各地現身的鼬鼠妖怪，當黑色的雷雲生成以後，牠就會乘著雷雲現身；除了偶爾會抓傷人類之外，基本上並不會刻意傷人，據說還能像寵物一樣將牠養在家裡，只要雷電再次落下牠就能乘著閃電回去，一說只要抓住雷獸就能減少打雷的頻率。

能力

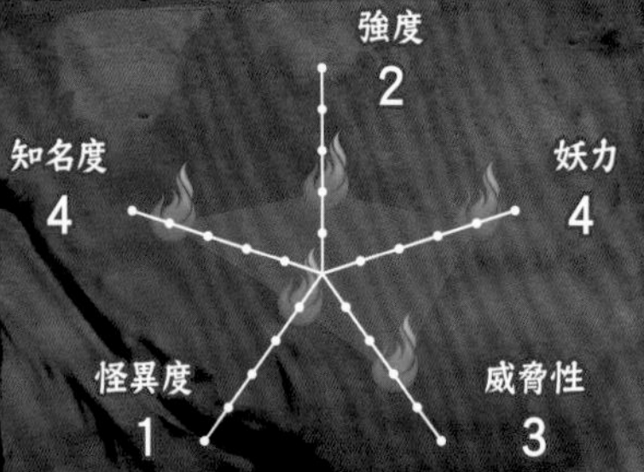

強度　2

雖然牠有如寵物般無害，但也有說法認為被牠抓傷之後就會中毒而死，因此牠的爪子相當危險。

知名度　4

由於雷獸原本就是雷電的化身，因此牠就成了日本沿岸地區的著名妖怪。

古人所留下的繪畫

竹原春泉《繪本百物語》的雷電，上頭畫著狀似鼬鼠、在黑雲中現身的雷獸

事蹟流傳區域

除北海道、九州、沖繩縣以外的各個地區

第三章　聚落裡的妖怪　雷獸

插圖：難波吉備

人型

聚落

轆轤首

每逢夜晚脖子就會伸長的女人

能力

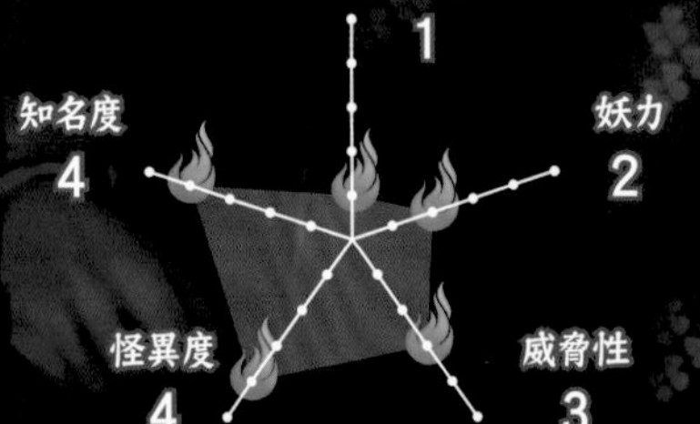

強度　1

她的力量與普通的女人無異，因此無法造成實質上的傷害，頂多只能嚇唬人。

威脅性　3

除了脖子能伸長以外，她和一般的女性並無差異，只不過面對她的長脖子難免會感到害怕。

事蹟流傳區域

除北海道、沖繩縣以外的各個地區

第三章 聚落裡的妖怪 轆轤首

轆轤首是能伸長脖子的女妖怪，另有一說她能讓頭顱離開身體飛行，不過大眾較為熟悉的還是前者，她多半會在夜闌人靜時舔舐行燈的燈油；雖然轆轤首除偷吃燈油外並不會行惡，但每當她被人發現時幾乎都無法擺脫被除掉的下場，是個外表滑稽但下場悽慘的妖怪。

古人所留下的繪畫

北齋季親《化物畫繪卷》的轆轤首：橫躺著的女子伸長脖子向妖怪對話，可知這名女子就是妖怪轆轤首。（國際日本文化研究所館藏）

插圖：長 佑介

妖怪專欄

妖怪研究人物傳

受到妖怪世界吸引的人並不只有畫家而已，將妖怪視為一門學問研究的學者也是大有人在，在此將介紹幾位為妖怪研究投注心力的代表性人物。

研究鬼怪的學問稱為民俗學，這門學問起源於明治時期，所謂的民俗學，就是著手收集隨著現代化而日漸消逝的民間傳說等資料，針對其中的庶民文化與傳統進行研究的學問；而成功讓這門民俗學在日本展現成果，打下妖怪研究穩固基礎的就是柳田國男，他在研究農村文化與傳說的同時，也蒐羅了許多妖怪故事，並為這些鬼怪傳說找出了價值，他將岩手縣遠野地區的傳說統整後，所著成的《遠野物語》可說是其代表作，書中收錄多達100話以上的妖怪故事，至今尚有許多人是他忠實的讀者。

另外柳田在晚年時，集畢生妖怪研究心血之大成出版了《妖怪談義》一書，獨力進行展開各種妖怪考察，柳田曾如此為妖怪定義：「妖怪是不受百姓信仰，而成為低等靈體的神明。」但該論點在往後的民俗學研究中時常遭到批評，因為這類妖怪只是妖怪族群的其中一部分，除此之外，其研究內容也刻意去除了不利於明治政府的論述，此舉也招致不少學者批判；雖然柳田為學曾產生許多爭議，但站在他保存了大量各地珍貴妖怪傳說的貢獻上來看，他為日本民俗學所造成的影響無以估量。

而在明治時期為妖怪研究出力者，無人能及當代哲學家井上圓了，他對日本妖怪展開研究的時間雖較柳田要早，但他對妖怪研究的立場卻與柳田相反；他為推動日本近代化發展，於是斷定妖怪不過是迷信，並且決定以科學方式解釋妖怪傳說，遂前往各地對妖怪留言展開調查。

據說他由於對消滅妖怪的工作過於熱中，反倒因此獲得了「妖怪博士」等稱號，而他在統整日本全國各地的妖怪與怪談以後，遂於《妖怪學》、《妖怪學講義》等著作中，將妖怪分為「偽怪」、「誤怪」、「假怪」、「真怪」4類，井上同時也是日本首位以科學方式解釋「狐狗狸」的現象。

但早在柳田、井上兩人誕生前的江戶時代後期，就已經催生出研究日本的經典、文化與思想的國學，在國學家中以妖怪、怪談與異界為主要研究對象的，則是一位名叫平田篤胤的學者。他大肆批判神佛習合（佛教和神教混雜的現象），主張神教應回歸原本的樣貌，這個觀點也對幕末的尊王攘夷產生極大的影響。篤胤為補強自己的論點，於是開始關注神明、死後世界與異界，進而創作出各式各樣不可思議的妖怪故事書物，例如：對接受天狗咒術修練的寅吉（俗稱天狗小僧）進行調查後所著的《仙境異聞》、統整了帶著前世記憶轉生的少年傳聞所著的《勝五郎再生記聞》，以及備後三次藩（今廣島縣三次市）少年的妖怪經驗談《稻生物怪錄》等著作。

此外，文學家也寫出不少妖怪著作，像是上田秋成的《雨月物語》、小泉八雲的《怪談》等妖怪故事與怪談，讓不少日本人為之心生嚮往；如今也有不少作品能在文庫本中讀到，不妨在暑假時翻開來瞧瞧吧。

柳田國男
（1875～1962年）

井上円了
（1858～1919年）

平田篤胤（1776～1843年）

妖怪專欄

都市傳說與妖怪

大約在江戶時代的時候，一般民眾都會將奇異現象歸咎於妖怪所為；到了現代，凡是號稱親眼目擊奇聞異事的流言在傳開後，若能成為舉國皆知的著名傳聞就會被稱作「都市傳說」，其中最具代表性的都市傳說，就以全日本人都曾待過的學校作為背景的怪談「廁所裡的花子」最有名，從前日本的廁所中就有「搔撫」等妖怪出沒，而本就容易與異界相連的廁所，和象徵現代生活的學校結合以後，一位不幸死去的女子靈魂於學校出沒的怪談就此誕生。

至於人面犬與裂嘴女的都市傳說，一說是源自於對基因改造與整形技術的恐懼而來，人們對這些技術可能造成的失敗產生過度的幻想，或許就是這類都市傳說的成因；但是人面犬的傳說早在江戶時代就已出現，另外據小松和彥先生推斷，裂嘴女也可能是目擊者對山姥不夠了解，因此擅自對她命名而已。也許現代的都市傳說也只是妖怪世界的一部分罷了。

有可能是裂嘴女原型的山姥（取自佐脇嵩之《百怪圖卷》的山姥）

第四章

住宅裡的妖怪

就算是家裡或建築物中，到了夜裡也會出現不少黑暗的領域。在黑暗之中異形悄悄地探出頭來……出現在身後的究竟會是誰？

人型

住宅

垢嘗

於骯髒的浴室中降臨

垢嘗會趁著夜闌人靜之際現身，並用它長長地舌頭舔舐浴室的汙垢，它在江戶時代前期出版的《古今百物語評判》中被稱作「垢舔」，當時的人們認為生物會以出生地裡的產物為食，而書中也套用了這種概念說明「垢舔生於汙垢聚集之地，故以汙垢為食」；一般認為「不清潔浴桶就會跑出妖怪」的訓誡，就是指垢嘗這種妖怪。

能力

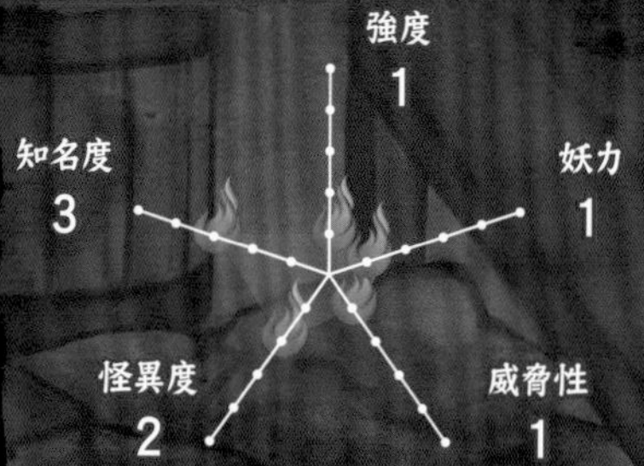

威脅性 1

由於它只會為舔舐污垢闖入住宅，因此並不會危害人類。

知名度 3

由於它就是催生出清潔浴桶這項訓誡的妖怪，因此知名度相當高。

古人所留下的繪畫

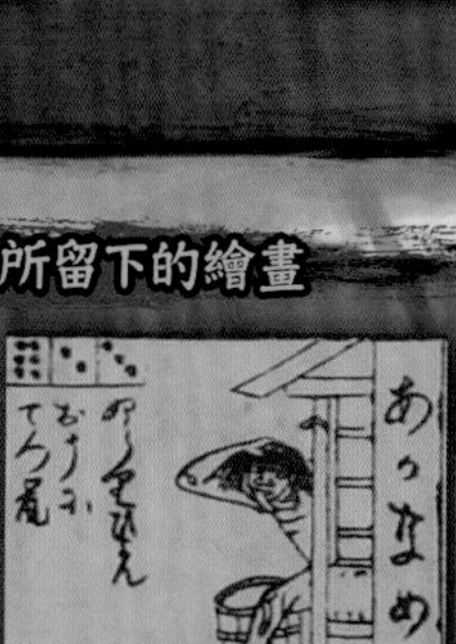

取自《新版妖怪飛巡雙六（新版雙六集）》的垢嘗
繪師不詳

事蹟流傳區域

不詳

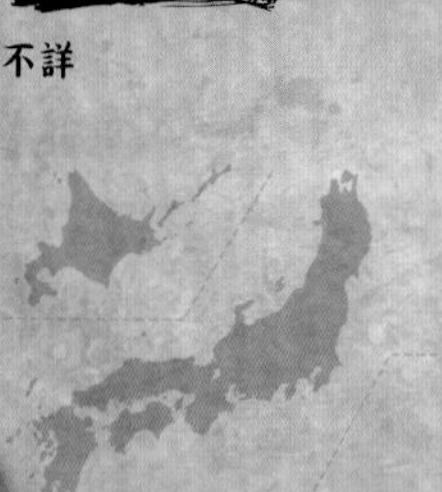

第四章　住宅裡的妖怪　垢嘗

插圖：月岡 kei

人型

縊鬼

逼死人類的怪物

古人所留下的繪畫

取自久保田米僊《夜窗鬼談》的縊鬼

事蹟流傳區域

不詳

縊鬼是附身在人類身上令其自殺的妖怪，在江戶時代的雜文《反古補遺》中，記載著一名步卒遇縊鬼獲救的故事。有位步卒在趕赴酒席的途中遇見了縊鬼，不由自主地產生上吊的念頭。這名步卒想先推掉酒宴後再上吊，於是趕到了宴席會場，這才被隊長勸退，打消自殺的念頭。因為縊鬼找了別人當替死鬼，這名步卒才得以獲救。

獸型

以津真天

叫著「要到何時」的怪鳥

古人所留下的繪畫

鳥山石燕《今昔畫圖續百鬼》的以津真天

事蹟流傳區域

京都府

它是擁有人面、蛇身、利齒與鳥喙的妖怪，其雙翼展開約有5m長，相傳它現身在京都紫宸殿裡時，口裡不斷叫著「要到何時、要到何時」，由於當時京都因為疫病流行出現大量病死者，所以就傳出了「它的鳴叫聲是指要將屍體棄置到何時」、「這是由死者的怨念中誕生的妖怪」等傳聞。

獸型

犬神

懷有強烈怨念的犬妖

古人所留下的繪畫

北齋季親《化物畫繪卷》的犬神
（國際日本文化研究所館藏）

事蹟流傳區域

中國、四國、九州

它是會依附在人身上的犬靈，人類被它附身後會突然食慾大增，並且會像狗一樣吠叫，甚至會全身發熱昏迷不醒，據說這些症狀無法醫治，必須請祈禱師前來除靈；但從前竟有一個稱為「犬神筋」的家族能夠驅使犬神，這個供奉犬神的家族能以咒術控制犬神，將它派往仇人家中作亂，今人們對他們敬而遠之。

異形

煙煙羅

在裊裊輕煙中現身的怪物

古人所留下的繪畫

鳥山石燕《今昔百鬼拾遺》的煙煙羅

事蹟流傳區域

不詳

鳥山石燕繪於《今昔百鬼拾遺》中的妖怪，粗糙的薄布就稱為「羅」，而其樣貌又有如煙霧一般，因此它就被稱為煙煙羅，由於過去會以松、杉燃燒的煙驅蚊，所以它也有「驅蚊火」之稱，如果仔細觀察煙煙羅，甚至能看見人或動物的臉，石燕或許是以此作為他描繪煙煙羅的參考依據吧。

人型

住宅

小刑部姬

居住在天守閣裡的姬路城主

她是居住在姬路城天守閣裡的妖怪，又稱為「長壁」、「刑部姬」，或說她是身披十二單衣的少女，或說她是一名老太婆，關於其外貌的說法參差不一，相傳她曾以3m高的鬼神之姿現身，並威脅城主若不供俸自己的話就要殺死他，另外她每年也會和城主會面講述姬路城的命運，有人認為她可能是姬路城所在地「姬路山」的土地神。

古人所留下的繪畫

鳥山石燕《今昔圖畫續百鬼》的長壁

事蹟流傳區域

兵庫縣姬路市

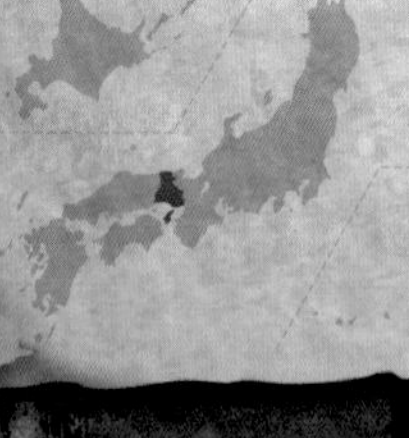

小刑部姬

能力

強度 3
妖力 4
威脅性 3
怪異度 2
知名度 2

妖力 4

雖然她的事蹟隨著文獻資料不同而有所差異，但無論是預言未來或是化為鬼神之姿，皆足見其妖力之高。

威脅性 3

如果她真是因為興建姬路城而被激怒的土地神，那就得展現誠意與她相處，否則很有可能會在城中作祟。

插圖：難波吉備

妖怪故事 第二十四夜 「姬路城的怪物」

脅迫城主的小刑部姬

姬路城的天守閣平時並沒有任何人出入，但本應空無一人的天守閣中，每逢夜晚卻總是燈火通明。

有天晚上，城主對家臣們說：「最上層每晚燈火通明，有誰願意去看看啊？」一位年輕武士便自告奮勇登上天守閣一探究竟，他到了閣中發現裡頭果然點著燈火，這時坐在閣內身穿十二單衣的年輕女子向他問道：「你為什麼要到這裡來？」年輕的武士便告訴她自己是奉命前來，希望能向她借盞提燈回去覆命，「既然是奉命前來我就放過你吧」女子說完就為武士的提燈點火，但當武士下到第三層樓時燈火卻熄滅了，於是武士只好回去請她不要熄滅燈火，話才剛說完女子不但已重新為他點燃燈火，還交給他一把梳子；城主在聽到年輕武士的報告之後，就打算熄滅提燈的火焰，但不管他怎麼做都無法熄滅燈火，可是武士輕輕吹一口氣就輕易地熄滅了燈火，非但如此，就連武士交給他的那柄梳子，竟然也會自動收到他的櫃子裡，為此大感驚奇的城主於是打算親自登上天守閣看看。

雖然天守閣依然燈火通明，但卻不見女子的身影，反倒是手下的盲人按摩師出現在天守閣中，城主問道：「你來做什麼？」按摩師於是告訴城主，自己因為無聊想來彈琴，但是卻打不開放撥片的盒蓋，正當城主打算拿起盒子取出撥片之際，盒子居然黏住了他的手不放，城主驚呼道：「我上當了！」甚至想用腳踩破盒子，但卻連腳都黏在盒子上；這時按摩師竟化為高３ｍ有餘的鬼神，威脅道：「我才是一城之主，你敢不好好供俸我的話，我就立刻把你大卸八塊」城主被出乎意料的事態嚇得連忙賠罪，直到天亮之後他才回過神來，這時他才發覺閣樓裡只剩自己一人了。

～取自《諸國百物語》卷之五「播州姬路城妖怪之事」

異形

歐托羅悉

出現在妖怪繪畫中的巨大臉孔

古人所留下的繪畫

佐脇嵩之《百怪圖卷》的歐托羅悉
（國際日本文化研究所館藏）

事蹟流傳區域

不詳

出自江戶時代的畫家佐脇嵩之《百怪圖卷》的妖怪。披散著長髮有張大臉，獠牙從血盆大口中吐出，手上的指甲又尖又長；文獻中僅記載了它的名字，因此對此種妖怪的特性至今仍不得而知。而後鳥山石燕在《畫圖百鬼夜行》之中，畫出了歐托羅悉在鳥居上的情景，所以才有它會懲罰神社中不夠虔誠或惡作劇者等傳聞流傳至今。

獸型

陰摩羅鬼

從亡者氣息中誕生的妖鳥

古人所留下的繪畫

鳥山石燕《今昔畫圖續百鬼》的陰摩羅鬼

事蹟流傳區域

不詳

10世紀於中國出版的《大藏經》，以及中國古書《清尊錄》等典籍中，都能找到這隻怪鳥的名字。有雙如火炬般的眼睛，形貌像是黑色的鶴，它會在擺動雙翼之際發出尖銳的叫聲；《清尊錄》收錄了男子於寺廟中過夜時被陰摩羅鬼罵醒的故事，據說《大藏經》則刊載了剛過世的屍體，其氣息會化為陰摩羅鬼的說法。

人型

住宅

搔撫

現身於節分夜裡的廁所妖怪

能力

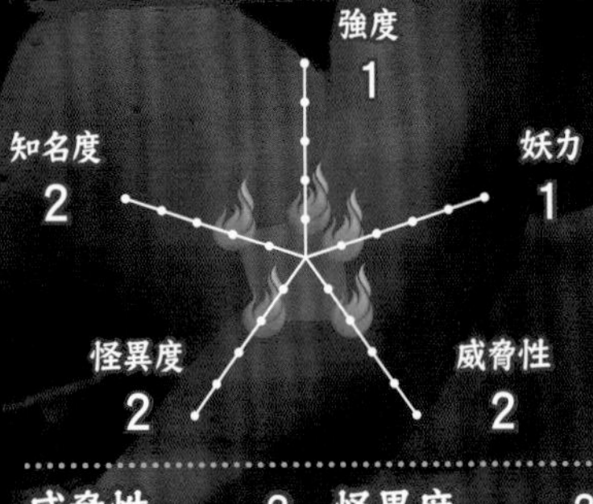

威脅性　2

它雖然不會危害人類，但臀部突然被摸還是會覺得有些可怕。

怪異度　2

一說從廁所裡會伸出一隻毛茸茸的手，不過其真正樣貌至今仍然成謎，因此難免會散發出詭異的氣息。

事蹟流傳區域

宮城縣、京都府

搔撫

搔撫會在節分的夜晚伸出手來，撫摸如廁者的臀部，據說只要在進入廁所前默念：「要給你紅色紙還是白色紙呢？」就能免去被它騷擾的命運；日本從前就有供俸「廁神」的習俗，全日本家家戶戶都會供奉紅、白或藍色紙人，也有說法認為這也許就是搔撫的真身。

插圖：中山慶尚

異形

金靈

金靈來訪後家中逐漸繁盛

古人所留下的繪畫

鳥山石燕《今昔畫圖續百鬼》的金靈

事蹟流傳區域

關東、靜岡縣、兵庫縣

是會為行善之家帶來福報的妖怪。在神奈川縣與靜岡縣等地區，金靈的外觀就是塊紅玉，不過到了千葉縣卻變成了綠色；相傳金靈會從天而降，凡是它降臨的家庭都會逐漸繁盛，但有時金靈也會離開家中，致使繁盛的家庭日漸衰敗，而靜岡縣也流傳著：「將金靈安置於房中就能帶來財富，但若整修房子就會絕子絕孫。」的說法。

人型

加牟波理入道

於廁所中現身的妖怪和尚

古人所留下的繪畫

鳥山石燕《今昔畫圖續百鬼》的加牟波理入道

事蹟流傳區域

不詳

它是會出現在廁所裡的妖怪和尚，只要除夕夜裡它在廁所中吟唱：「加牟波理入道杜鵑」一說只要唸出咒語它就會冒出頭來，如果入道跑進左袖口就會化為金幣，不過至今對於這個妖怪的特性仍然不清楚，雖然鳥山石燕曾畫出它吐出杜鵑的情況，但這似乎是源自於「在廁所中聽見杜鵑啼叫就會觸霉頭」的說法而來。

妖怪專欄

妖怪之旅6 ~化貓篇

寵物貓外表雖然可愛，但當牠化身為妖貓時就成了可怕的妖怪，本書最後要介紹的便是流傳著妖貓故事的著名地區。

首先要介紹的是日本三大怪貓之一「阿波國化貓騷動」，這隻化貓是由申冤不成反遭處死的女性小松的怨念幻化而成，牠如今已被供俸為「松大權現」（德島縣阿南市加茂町），當地人則通稱之為「貓神」，並興建了許多供俸貓的塑像和建築。

同樣名列三大怪貓之一的「鍋島化貓騷動」，則是從龍造寺一家的怨念中誕生的化貓，如今已被供俸在「秀林寺」的「貓塚」中，祠堂雖小，但刻於塚上的七尾貓雕像，卻刻劃出牠張牙舞爪的模樣。

接下來的化貓故事則與怨念無關，而是一隻制伏蛇的勇敢東北貓，現在則將牠供在「貓之宮」（山形縣東置賜郡高畠）裡，與對面的「犬之宮」一同成了供養過世寵物的知名神社；而在神奈川縣橫濱市泉區則有一處稱為「踊場」的地點，這個奇怪的地名源自於從前化貓們會在此聚集，並且在深夜時頭戴手帕跳舞的傳說，當地還興建了「念佛塔」（橫濱市泉區中田南）用以供養這些貓，因此踊場車站中不乏與貓有關的設計。

插圖：難波吉備

獸型

住宅

清姬

燒死愛人的大蛇

她是和歌山縣道城寺的「安珍清姬傳說」裡的女主角，相傳清姬對來到熊野詣的僧侶安珍一見鍾情，安珍雖答應對自己獻殷勤的清姬回程時一定會再度返回熊野詣，但安珍並未遵守這個約定，清姬憤怒地追逐著安珍的過程中竟化身為一條大蛇，將躲入道城寺大鐘裡的安珍活活烤死，隨後便投河身亡。

能力

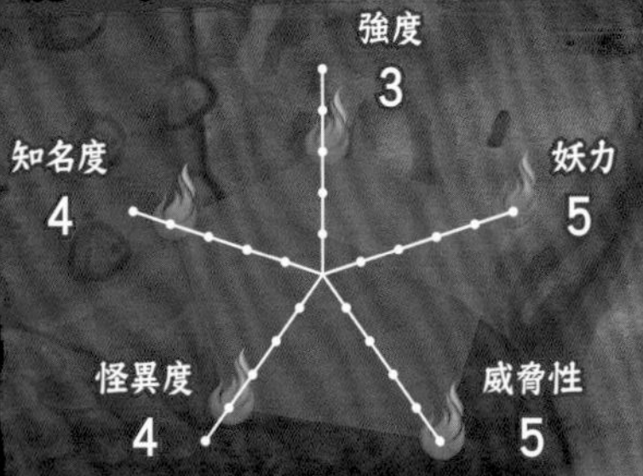

妖力 5

她能以高熱的猛烈火焰燒死藏在鐘裡的安珍，妖力自然不在話下。

威脅性 5

安珍之所以會訂下約定，也是因為無法拒絕清姬的熱烈追求，足見因此將他殺害的清姬之可怕。

古人所留下的繪畫

取自《道城寺緣起》中的清姬，繪師不詳，畫中描繪著清姬捲起大鐘將安珍燒死的情景。

事蹟流傳區域

和歌山縣日高川町

第四章 住宅裡的妖怪　清姬

插圖：月岡 kei

獸型

住宅

件

由牛所產下的預言怪獸

件是由牛所產下的人面牛身妖怪，在出生後就會馬上說出各式各樣的預言，並且在數日內就會死去，相傳件的預言從未失準，在江戶時代的瓦版裡也對此詳細地做了介紹，據載它會在出生後預言莊稼收成或瘟疫，誕生三天後就會死去，據說件曾在1944年於岡山縣現身，它在二戰尚未落幕時就預言日本將會戰敗，沒過多久就死去了。

能　力

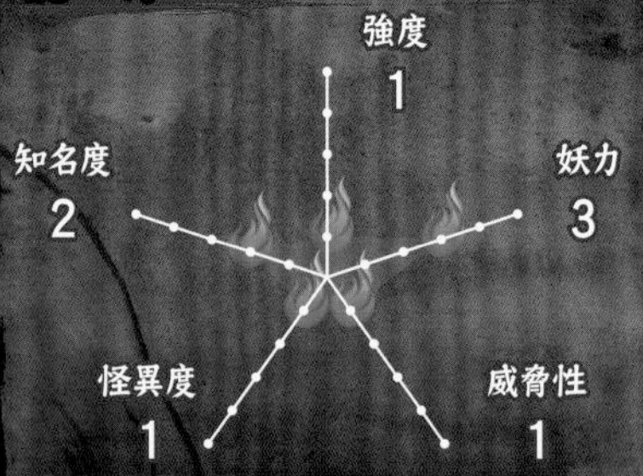

妖力 3

據說件的預言未曾失準，就它能看穿未來這點來看，其妖力想必不低。

知名度 2

據江戶時代的瓦版刊載，件具有消災祈福之效，因此是江戶時期相當知名的妖怪。

古人所留下的繪畫

繪於天保七年刊行的瓦版（類似現代的報紙）上的件

事蹟流傳區域

近畿、中國、四國、九州

第四章 住宅裡的妖怪 件

插圖：合間太郎

人型

住宅

座敷童子

為家中帶來繁榮的妖怪小孩

座敷童子是長期寄居在家中的妖怪小孩，會像守護神般為家裡帶來繁榮，可是一旦離開這戶人家就會立刻衰敗，座敷童子常給人身穿紅色和服或棉襖、頂著一頭短髮的小女孩的印象，但有時也會以男孩子的形象現身，據說它常會在家中出沒，也會和家裡的小孩子一塊玩耍，但除了低年級的孩子以外沒人能看見它。

能　力

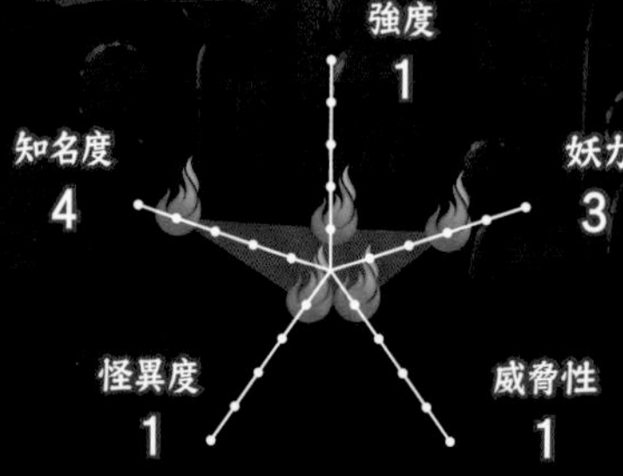

妖力　3

它會以入住與離去決定一家之興衰，因此其妖力應該不低。

威脅性　1

座敷童子就好比家中的守護神一般，除了離開後會導致家道中落以外，並不是造成威脅的妖怪。

事蹟流傳區域

第四章　住宅裡的妖怪　座敷童子

插圖：aohato

妖怪故事　第二十五夜「家道興衰」

決定家族興衰的兩位座敷童子

在許多古老的家族中，都會有名為座敷童子的神明存在，據說有座敷童子存在的家族都會十分繁盛；在岩手縣遠野村中就有一個名為山口的古老家族，相傳山口一族從很久以前就被兩位神明小女孩守護著。

有一年，一位與山口家同村的男子正要返回村裡時，恰巧在橋邊遇見了兩位小女孩，她們穿著華美的衣服似乎在思考著什麼事情，這兩張生面孔也引起了男子的好奇心，於是男子就前去打聽兩人從何處而來，兩人便答道：「我們從山口家而來」男子接著問她們打算到哪去，兩人就回答他將要去另一座村裡的某戶人家家中；男子聽完立刻回想起座敷童子離開後家族就會衰敗的傳說，不禁心想：「山口家可能要完蛋了」；男子見到這兩位女孩不久以後，山口家中的梨樹旁就長出了從未見過的香菇，家主孫左衛門得知此事，隨即命令家人禁止摘採食用，但一位山口家的下人卻說：「任何香菇只要放進裝滿水的桶中，再以麻稈徹底清洗乾淨，就絕對不會中毒。」致使全家人都吃下了這種香菇，而山口一族就在一天之內全數中毒身亡。

當時只有一名7歲女孩，因為出門玩耍忘了吃飯時間，這才免去被香菇毒死的命運，但小女孩還未從家破人亡的震驚中恢復，山口家的親戚朋友卻紛至沓來，捏造各種理由拿走了家中所有值錢的貴重物品，從此以後，全村最富裕的山口家一夕消失，存活下來的女孩只能終其一生過著孤苦的日子，據說兩個小女孩移居的家庭卻代代興旺，如今兩人也還住在那戶人家的家中。

～取自柳田國男《遠野物語》

妖怪專欄

座敷童子的同類

座敷童子是出沒在岩手縣等地區的東北妖怪，不過各地對其稱呼卻大相逕庭，即便同樣在岩手縣內也有不同的稱呼，例如：盛岡市稱之為「藏童子」和「座敷棒」、花卷市與遠野市則稱作「藏棒」、江刺市除「搗米童子」、「臼搗子」外，尚有「蝶童子」等稱呼，其中藏童子與藏棒並不會在客廳裡現身，而會在倉庫中出沒，至於江刺市的搗米童子和臼搗子則會出現在庭院裡，有時為區別客廳裡的座敷童子，便特意將名稱做了分別；至於僅在災難發生前伸出纖細手臂的「細手」，以及外貌如老婦人一般的「座敷棒」等妖怪，也被視為座敷童子的同類。

就連其他地區也有性質與座敷童子相同的妖怪，例如：靜岡縣的「座敷坊主」、德島、香川、愛媛等四國地區的「赤童子」，與沖繩縣的「赤髮童子」，它們和座敷童子一樣會翻轉就寢者的枕頭，或是壓住對方的身體，因此這些妖怪就廣義上來說，也能算是座敷童子的同類，另有一說認為座敷童子的真身其實是河童，甚至有人從它翻動枕頭的行為判斷，認定座敷童子應該是「枕返」的同類。

插圖：合間太郎

人型

山本五郎左衛門

稱讚勇猛武士的魔王

古人所留下的繪畫

取自《稻生怪物繪卷》；圖中描述了稻生武太夫獲得木槌的情景

事蹟流傳區域

廣島縣

是備後三次藩（今廣島縣三次市）武士—稻生武太夫所遇到的魔王。武太夫16歲時就決定用傳聞中只要碰到就會作祟的老杉木試膽，此後他身邊雖然常出現怪物，但武太夫卻不以為懼。一個月後統領妖怪的魔王，就以山本武郎左衛門的武士之姿現身，它十分讚許武太夫的勇敢，並在贈與他一柄能喚出自己的木槌後就離開了。

人型

精螻蛄

於特殊日子現身的監察者

古人所留下的繪畫

鳥山石燕《畫圖百鬼夜行》的精螻蛄

事蹟流傳區域

不詳

僅於庚申之日現身的妖怪，據說在庚申之日睡著以後，體內的三隻小蟲就會飛上天庭，向天神報告平日的罪孽，如此一來此人的壽命就會被天神縮短，為此人們就會在當天聚集在一起，徹夜不睡等待庚申日過去，而精螻蛄就是那三隻小蟲之一，據說它是負責監視人類言行的妖怪。

獸型

鐵鼠

擁有一口鐵齒的老鼠

由平安時代僧侶賴豪的怨靈化成的妖怪。賴豪受天皇之託為他祈福，讓天皇順利產下皇子，天皇原本答應賴豪只要產下皇子就實現他任何願望，然而卻在延曆寺的阻撓之下，其願望遭到天皇駁回。憤怒的賴豪為將皇子引入魔道遂絕食而亡，其怨靈化為滿口鐵齒的大老鼠，與無數的老鼠現身延曆寺，咬破了收藏於寺中的大量典籍。

古人所留下的繪畫

鍋田玉英《怪物畫本》的「賴豪」

事蹟流傳區域

滋賀縣大津市

人型

天井嘗

潛藏於天花板上的妖怪

這種妖怪常潛伏於天花板周圍，會以長舌舔舐天花板並留下斑塊；從前的日本房舍為免夏季時暑氣逼人，於是都會將天花板挑高，但在從前只有燈火照明的時代，光線無法照到天花板周圍，到了冬天難免會覺得特別的陰冷，據說鳥山石燕就認為：「這是天花板附近藏著擋住光線的妖怪所為」於是才有天井嘗的誕生。

古人所留下的繪畫

鳥山石燕《百器徒然袋》的天井嘗

事蹟流傳區域

不詳

異形

住宅

付喪神

寄宿著靈魂的老東西

能　力

強度	1
妖力	3
威脅性	1
怪異度	2
知名度	4

妖力　3

雖然它們不會施展強大的力量，但光是能讓物品自行移動，就足以證明它們具有相當程度的妖力。

知名度　4

陳年舊物寄宿著靈魂的觀念自古有之，雖然陳述這種現象的傳說不多，但其知名度也堪稱舉國皆知。

事蹟流傳區域

不詳

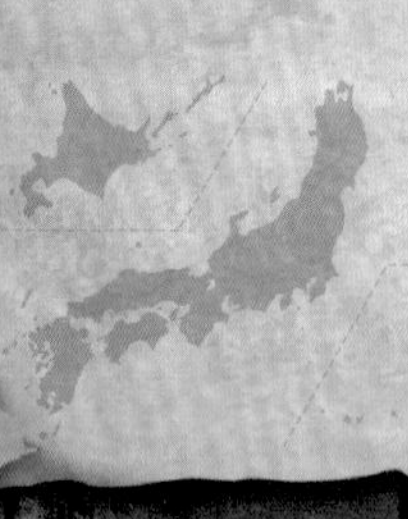

日本自古以來就有「使用了百年以上的物品就會產生靈魂」的信仰，雖然江戶時期《百鬼夜行袋》裡的付喪神之姿名聞遐邇，但這類妖怪的模樣早就已經出現在室町時代的《百鬼夜行畫卷》之中。岡山縣吉備津神社裡也有一個能以炊飯聲響古卜的鍋子，這或許也算是付喪神的一種吧。

古人所留下的繪畫

取自《百鬼夜行繪卷》，作者不詳，繪卷中呈現以付喪神為主的百鬼夜行景象。

插圖：藤川純一

獸型

住宅

貘

自中國而來的幸運妖怪

貘是自中國傳來的妖怪，據說它有象鼻、犀眼、熊身、虎爪，與牛尾，在日本它是以吞食惡夢著稱的妖怪；中國流傳著披上其毛皮就能去邪的傳說，但並沒有以惡夢為食的說法，不過無論是中國或日本，貘都是能帶來好運的吉祥物，坊間甚至製造出上頭描繪著貘的屏風和枕頭，在民間相當受到歡迎。

能力

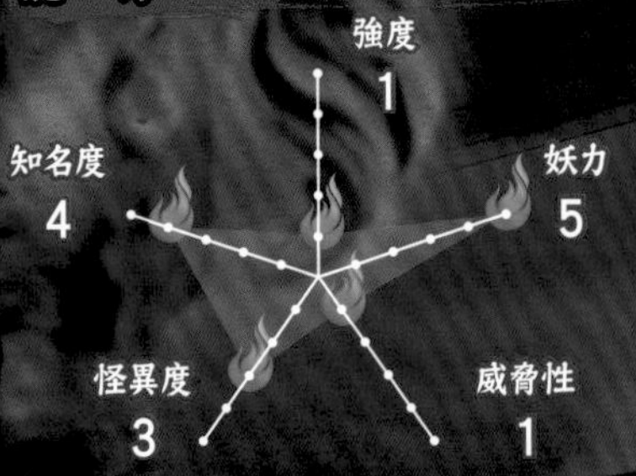

妖力　5

它能驅邪吞夢守護人類，與其說它是妖怪，反而是更近於狛犬一類的守護獸。

知名度　4

自古以來就被視為吉兆的貘，就某種層面上來看可說是家世清白的好妖怪，光是這點就讓它的知名度水漲船高。

古人所留下的繪畫

以《富嶽三十六景》的作者聞名的繪師葛飾北齋所描繪的貘

事蹟流傳區域

日本各地

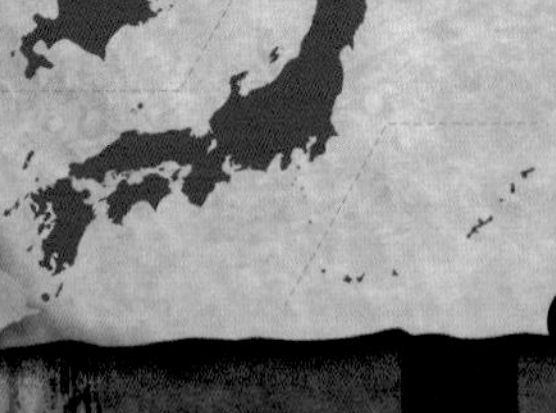

第四章 住宅裡的妖怪 貘

插圖：難波吉備

獸型

住宅

化貓

舔過行燈燈油後就會變成化貓？

據說化貓是由老貓幻化而成，一說被人類虐殺致死的貓就會變成化貓，由於貓天生具有怕生、夜行習性及動作輕靈敏捷的特徵，這才讓貓與妖怪之間產生聯想，化貓怪談不但有頭戴手帕跳舞的可愛傳說，也有作祟騷擾人類的可怕故事。也有人認為貓偷吃了行燈燈油以後就會變為化貓。

能　力

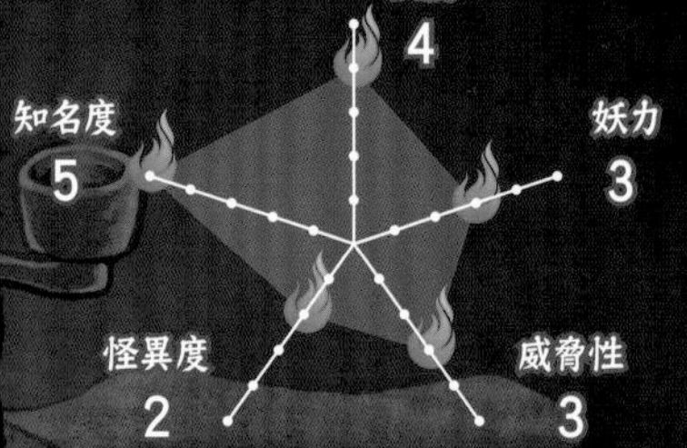

強度　4

自古以來就流傳著化貓會吃人的說法，貓天生就是技術高超的獵手，若能自在變化身形就更加可怕了。

知名度　5

化貓的傳說自平安時代有之，在歌舞伎題材中甚至分出了「貓騷動集」，足見其知名度。

古人所留下的繪畫

取自 J.Dautremer《sippeitaro》，化貓在月夜裡齊聚一堂，歡快地跳舞的情景

事蹟流傳區域

除北海道以外各地區

第四章　住宅裡的妖怪　化貓

插圖：岩元辰郎

妖怪故事 第二十六夜「鍋島貓騷動」

要為飼主復仇的化貓

肥前（今佐賀縣、長崎縣）在戰國時代是龍造寺家的屬地，但歷經豐臣秀吉的時期以後，與龍造寺家結為姻親關係的前家臣鍋島家，其勢力在德川幕府時期逐漸崛起，進而成為肥後的實質統治者。

到了鍋島家第三代光茂成為藩主的時候，龍造寺家的繼承人又七郎只能住在城下町裡；有一天又七郎接到城裡的命令，要他進城當城主下棋的對手，然而又七郎卻因為惹怒光茂而遭到斬殺，又七郎之母阿政擔心遲遲未歸的兒子，只得向愛貓小駒訴苦，幾天後離開家裡的小駒不知從哪叼回了又七郎的頭顱，阿政見狀才發現兒子已經遇害，於是她不斷詛咒著光茂並拿起刀子自殺身亡；而目睹一切的小駒在舔舐了阿政的鮮血後便不知去向。

阿政自殺不久，城裡的光茂每天夜裡都為幻覺所苦，終於不支病倒；眾人不明究理，於是家臣小森半左衛門便開始觀察光茂的情況，小森察覺到每當側室阿豐待在附近時，光茂的情況就會嚴重惡化，因此半左衛門決定進一步監視阿豐的舉動。

幾天之後半左衛門竟然親眼看見阿豐在捕食池子裡的鯉魚，而每當阿豐返回屋裡，就會開始舔舐行燈的燈油，半左衛門立刻召來所有部下闖進阿豐房裡，這才發現房裡居然有一隻顯出真身的化貓，半左衛門率領部下追趕著這隻化貓，總算成功將它殺死；數日後，光茂才從半左衛門口中得知事發經過，並且為自己對又七郎的作為感到十分懊悔，遂決定供奉又七郎並且一改過去對龍造寺家族的態度，此舉似乎獲得死者的原諒，光茂的身體也就此日漸康復。

～取自《花嵯峨野貓魔碑史》

妖怪專欄 著名的化貓

說到著名的化貓傳說，當推歌舞伎、淨琉璃與講談等藝術中，時常被用作演出題材的《貓騷動集》，其中則以歌舞伎的演出最為著名，除前頁介紹的鍋島貓騷動以外，「岡崎化貓」與「有馬化貓」也是眾所皆知的傳說，最早用於演出的傳說是岡崎化貓，牠曾於《獨道中五十三驛》其中一幕登場，接著登場的才是「鍋島化貓」，由於表演題材關係到佐賀藩內的御家騷動，因此演出在佐賀藩的抗議之下遭到中止，但是下令終止的奉行正是鍋島家族成員，反倒讓這部作品更加出名；而有馬化貓則是最晚加入歌舞伎題材中的傳說，直到明治時期才正式登台演出。

此外，在這些化貓之中，也參雜了幾隻貓妖在內，其中最為著名的正是由老貓幻化而成的「貓又」，據說牠因為長有兩隻尾巴或說尾巴在前端分岔而得名，貓又和化貓大多會出沒或居住在聚落之中；至於居住在山裡的貓妖則稱作「山貓」，在宮城縣、高知縣、島根縣的隱岐島與東京八丈島等地區都曾出現牠的蹤跡，它是遁入山林者所化成的野獸，除此之外，中國也有一種稱為「金華貓」的貓妖，相傳它是由三歲大的貓受到月光照耀幻化而成，會視受害者性別化身為俊男美女吸光對方精氣。

與謝蕪村《蕪村妖怪繪卷》的榊原家的化貓

鳥山石燕《畫圖百鬼夜行》的貓又

人型

住宅

二口女

長在後腦勺上的血盆大口

她是後腦勺長著血盆大口的女妖怪，以「不吃飯的妻子」等民間傳說聞名；相傳有位以吝嗇出名的男人娶了個不吃飯的妻子，然而他們結婚後家中的米卻不斷減少，這名男子於是在假意出門工作後隨即溜回家偷看，竟發覺妻子的後腦勺上長著一張大嘴，正大快朵頤家中的糧食。一般認為二口女應是山姥或大蜘蛛幻化而成，也是端午節要擺放菖蒲的由來。

能力

強度 1
妖力 2
威脅性 2
怪異度 3
知名度 2

怪異度　3
她能以頭髮將米飯送入後腦勺的口中，光是看起來與一般女子無異這點就足以令人毛骨悚然。

知名度　2
東、西日本的故事版本雖有若干差異，不過究其傳說不僅止於傳聞這點來看，二口女還算是有一定的知名度。

古人所留下的繪畫

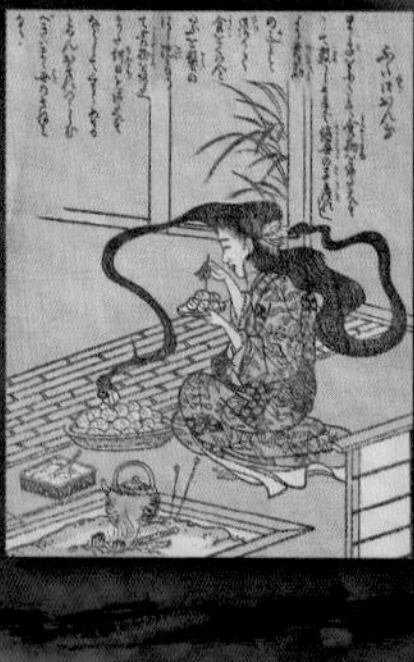

竹原春泉《繪本百物語》的二口女，她正以頭髮將食物送入口中。

事蹟流傳區域

不詳

第四章 住宅裡的妖怪 二口女

插圖：池田

人型

住宅

反枕

在睡夢中悄悄移動枕頭的妖怪

它是會趁人們入睡時現身，並偷偷搬動、翻轉枕頭的妖怪，部分地區也稱之為「枕小僧」或「枕流」，從前的人們相信，作夢時人的靈魂就會脫殼出竅，要是枕頭反了過來，靈魂就無法回去，對現代人而言翻轉枕頭不過是惡作劇，但這種行為對古人來說十分不吉利。

事蹟流傳區域

東北、關東、中部、四國

反枕

能力

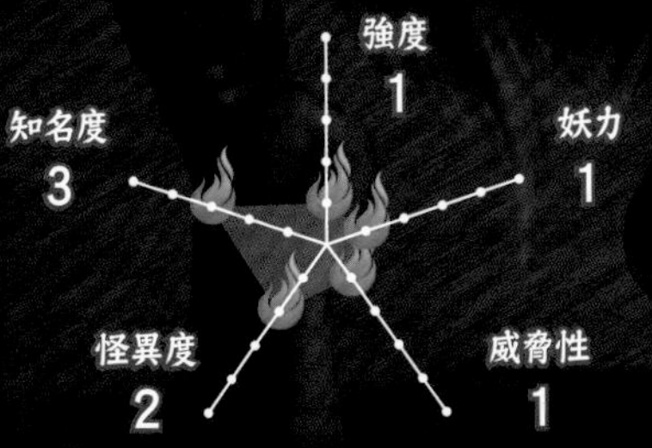

威脅性 1

對現代人而言移動枕頭不過是小事一樁，除此之外反枕也不會做其他壞事，因此也可說是無害的妖怪。

知名度 3

日本全國的寺廟都曾遭遇過反枕的惡作劇，因此而提升了它的知名度。

古人所留下的繪畫

鳥山石燕《畫圖百鬼夜行》的反枕；圖畫中央模糊的人影就是反枕

插圖：中山慶尚

異形

目競

平清盛曾遭遇過的骸骨

古人所留下的繪畫

鳥山石燕《今昔百鬼拾遺》的目競

事蹟流傳區域

京都府

在平安時代末期權傾一時的平清盛，也曾遇見這個名為目競的妖怪；某天早晨，清盛在中庭看見無數的骷髏正不停地滾動，最後骷髏終於聚集在一處，並堆成了一座超過42m的小山，骷髏們還長出了活人般的眼睛盯著清盛瞧，但清盛也狠狠地瞪著它們，而骷髏們也就此消失了。

人型

目目連

出現在廢屋拉門格子上的眼睛

古人所留下的繪畫

鳥山石燕《今昔百鬼拾遺》的目目連

事蹟流傳區域

不詳

出現在廢屋拉門格子上的眼睛，據說這是棋士的怨念依附在家中，因而形成的妖怪；在《東北怪談之旅》一書上則有疑似目目連的記載：有位江戶的木材商人打算到津輕採買木材，途中他找到一間空屋借宿，此時空屋拉門的格子上竟出現無數眼睛，不過木材商人雖然害怕，但他還是將這些眼睛收集起來，帶回江戶賣給了一位醫生。

人型

家鳴

搖動住家或家具的小鬼

古人所留下的繪畫

鍋田玉英《怪物畫本》的家鳴
（國際日本文化研究所館藏）

事蹟流傳區域

不詳

這種小鬼會搖動窗格、家具以至於整棟房子，平時潛伏於屋簷或地板下，有時會拉動房子的某些部分使其發出喀拉喀拉的聲響，現在對於物體自行移動所發出的聲響統稱為「騷靈現象」，在日本這種現象自古有之，成書於奈良時代的《日本書記》也曾有過相關紀錄，過去都將這類現象視為壞事將要發生的凶兆。

人型

夜哭婆婆

她現身的人家都會發生不幸

古人所留下的繪畫

與謝蕪村《蕪村妖怪繪卷》的「借宿遠州夜哭婆婆」

事蹟流傳區域

靜岡縣

以老婦之姿出現在門口哭泣的妖怪，又稱作哭婆婆，據說她常於遠江一帶（今靜岡縣西部）現身，凡是她曾出現的人家最後都會遭逢不幸，但並不知道夜哭婆婆是否因為察覺不幸才會現身；據說從前在葬禮時會出現被稱為「哭女」、「哭婆」的女子，一般認為兩者之間應有關聯。

妖怪辭典

日本各地還潛藏著各式各樣的妖怪，本書將在有限的篇幅中介紹各地的妖怪。

赤魟

據說它曾出現在安房國野島之崎（今千葉縣南房總島白濱町），是長達3里（約12km）以上的巨大紅魟，據說曾有水手遭遇大風雨，隨波逐流飄到赤魟身上，船員們一度誤以為自己漂到了海島上。

惡路王

居住在岩手縣西南方的鬼，相傳它會拐走附近的女子和小孩，是個無惡不作的妖怪，坂上田村麻呂以征夷大將軍的身分奉朝廷之命前去討伐，據說他成功殺死惡路王後將其首級安置在茨城縣的鹿島神宮中。

麻桶毛

流傳於德島縣三好郡的妖怪，或稱神明，其神尊安置於彌都波能賣神社中，是一根放置在麻桶裡頭的毛，相傳神明感到不安時這根毛就會伸長，隨後就會長出好幾根分枝；據說有一群山賊曾在神社裡分贓，當他們平分著搶來的寶物時，神尊竟然不斷伸長將這群山賊五花大綁。

大章魚

北海道阿伊努傳說中的章魚妖怪，棲息於內浦灣，只要有漁船通過就會成為他的獵物，其體積有1萬平方公尺長，據說它深紅色的皮膚會反射在海面上，即便相隔再遠也能看得很清楚。

油取

流傳於明治時代的東北擄人妖怪，據說他擄走小孩後就會用烤魚竹籤將小孩串起，藉此取出兒童身上的油脂，尤其是能取出美麗油脂的女孩，更是它的首要獵物，在謠言廣為流傳的地區，甚至曾明令「入夜後女子、兒童禁止外出」。

一本踏鞴

出沒於奈良縣與和歌山縣山區，僅會在12月20日現身，因此當地居民都嚴格禁止在當天入山，一本踏鞴只有一隻腳，眼睛和盤子一樣大，眼鼻皆長在棒狀的身體上，據說它在積雪的日子裡遊蕩時會留下單腳足跡。

溫羅

流傳於岡山縣吉備地區的鬼怪，曾以鬼之城為據點統治吉備一帶，而後吉備津彥命奉天皇命令，與溫羅展開變身大戰成功將之擊敗，傳說中溫羅的頭顱接連呻吟了十三年，而這段故事日後也成為童話桃太郎的原型。

放屁妖怪

阿伊努傳說中的妖怪，它會從圍爐中發出放屁聲與臭味，據說它會發出「啵ー」的聲音到處放屁，其味道臭不可當，雖然它會放出不亞於人類的臭屁，但只要默念「啵ー」的話就能把它嚇跑。

鵟鳥森

位於沖繩縣的食人森林；鵟鳥森從前是漂浮於漫湖上的島嶼，是能夠自由活動的怪物；據說當它抵達附近的真玉橋後，就上岸摧毀農田並吃掉人類，當地居民苦不堪言只能向神明祈禱，於是土地神便搬動大石砍斷它的尾巴，這才讓鵟鳥森安分許多。

桂男

流傳於和歌山縣的妖怪，據說它是一名居住在月亮裡的絕世美男子，如果在滿月以外的日子裡盯著月亮看，就有可能會因為引來桂男而喪命；從前人們就流傳著月亮上住著搗麻糬的玉兔傳說，而砍伐桂木的桂男也源自於同樣的傳說之中。

蛤蟆

蛤蟆指的就是蟾蜍，自古以來人們就認為蟾蜍擁有不可思議的力量，不但能吞下貓和鼬鼠，甚至還能幻化為人；而巨大的蟾蜍則稱為大蛤蟆，據說山口縣的深山中曾出現口吐七彩之氣、能將動物吞下，長達2.4m的大蛤蟆，甚至還傳出有人在三疊大的岩石上釣魚時，發現那塊石頭其實是大蛤蟆的傳聞。

龜姬

相傳它是居住在福島縣豬苗代町豬苗代城（又稱龜之城）裡的女妖怪，她是小刑部姬（↓190頁）的妹妹，自從龜之城落成後她儼然成了城中之主；一次，堀部主膳這位城代（負責城池防務的家臣）的面前出現了一位素未謀面的小孩，小孩對他說：「你還沒向龜姬大人請安呢」話才剛說完就消失了，此後怪事就在城裡不斷發生，主膳也在一個月後去世了。

龕精

流傳於沖繩地區的妖怪，所謂的龕就是上頭擺放著棺桶的紅色神轎，龕精則是由龕或棺桶化成的妖怪，能夠變為人或牛馬惡作劇，因此在龕的使用上或葬禮中的規定也就特別多，例如不能穿戴紅色和服或腰帶，關上龕時必須得叨念著壞話等等。

五頭龍

這條龍棲息於神奈川縣鎌倉市深澤地區的湖裡，從前它曾引發天地異變，因此居民只得獻上16名兒童作為祭品，某天辯才天居住的江之島出現在五頭龍面前，龍對辯才天一見鍾情，於是希望她能與自己結婚，但卻遭到女神拒絕，隔天五頭龍竟決心悔過發誓要守護人類，每逢乾旱之際他便會為居民祈雨，當風暴來襲時也會運用神力抵擋，雖然五頭龍的戀情最終仍無緣修成正果，但當地人還是為它興建神社感念其功績。

馬垂首

流傳於岡山縣等地區的馬臉妖怪，它會吊掛在路旁的老樹上以叫聲嚇唬人類，傳說中只要見到馬垂首就會染上熱病，據說曾有小偷路過老樹旁時，被馬垂首活活踢死。

老蛇神

阿伊努傳說中的有翼大蛇，體色是淡淡的墨色、頭尾細長、鼻子尖細，渾身散發出惡臭，要是不敵這股惡臭，那麼人和蛇神都會死去，據說它棲息在深山的湖中，冬天就會冬眠，等到夏天才會出來活動。

出世螺

刊載於江戶時代書物《繪本百物語》，據說法螺住在山、河、海裡各三千年後，就於化身為龍離開山中，許多地方都有過法螺幻化為龍的傳說，相傳靜岡縣濱名湖的今切之渡就屬其一。

朱盤

流傳於福島縣、新瀉縣的紅臉妖怪，據說頭上的毛髮有如針一般、額頭長角、眼如圓盤，還有張血盆大口。有名武士在黃昏時遇見了另一位武士，當他們正好聊到這附近有鬼怪出沒時，那人的臉竟然化為朱盤昏了過去，當他打算向附近人家取水時，女主人居然長著一張朱盤的臉，這名武士又再度昏了過去。

袖引小僧

流傳於琦玉縣比企郡，從前於日落時分走在道路上時，會感覺到有人在後面拉著自己的袖子，然而回頭一看卻不見人影，一旦再次向前走去，袖子又會被拉住，據說這就是袖引小僧的惡作劇。

柿樹精

出沒於宮城縣仙台市的柿樹妖怪，據說如果不摘下老柿樹上的柿子，時間久了柿子就會化為大入道嚇人，一說結實纍纍的柿樹每逢黃昏，就會變成僧侶的模樣進入家中，或是會將滿滿的柿子塞進袖子裡，當它在村裡遊蕩時袖裡的柿子還會不斷地滾出來。

釣瓶妖

流傳於愛知縣或京都府等地區，又稱「釣瓶落」，釣瓶就是打井水時使用的水桶；每逢半夜經過松樹等大樹下時，它就會說：「晚上的工作結束啦，要我放釣瓶下去嗎，嘻嘻。」隨後釣瓶就會掉下來，將路過樹下的人類吊起來吃。

沼御前

流傳於福島縣大沼郡沼澤沼（今沼澤湖）的大蛇，據說沼澤沼從前棲息著一對大蛇，凡是接近沼澤的人類都會被它們攻擊，到了鎌倉時代，當時的領主佐原十郎義連不慎掉入湖中，不過他還是順利制伏了兩條蛇，並且將親手斬下的蛇頭供在「沼御前神社」（福島縣大沼郡金山町）中；但傳說中這兩條蛇並未死去，而後甚至傳出它們化為美女出沒的流言。

野槌

這是條槌子（木製榔頭）狀的大蛇，直徑15㎝、長約1ｍ，除嘴巴以外頭部並無眼、鼻等器官，據說牠會以野兔、松鼠，甚至是人類為食，據說只要看見牠就會衝下山坡緊咬著腿部，不過上坡時的速度卻十分緩慢，要是碰見野槌最好往高處逃跑，另外傳說中的生物槌之子，也是因為外型與野槌相似才會以此命名。

橋姬

據說她是位於橋邊的守護女神，能夠抵禦外敵入侵，只不過橋姬十分善妒，要是在橋上稱讚其他的橋樑，她就會唱起以女性忌妒為題的歌曲令當事人遭遇慘事；而全日本最著名的橋姬，莫過於京都宇治川的橋姬，相傳有位男子曾經許下婚約，但男子後來卻忘了這門婚事與其他人成親，原先與他互許終身的女子憤怒不已，於是她便前往貴船神社參拜，隨後就跳入宇治川中泡了7天7夜，女子就這樣將自己活生生的變成女鬼，並且下咒殺害負心男子與其家族，當地人為平息怨念便將她奉為橋姬。

巨鳥

是阿伊努傳說中的巨大怪鳥，據說牠的翅膀一邊就有7里（約30m）長，牠原本並不會危害人類，但有名女子卻用髒腳汙染了巨鳥的飲水，此舉惹怒了巨鳥，無論人畜都遭到牠的襲擊，據說牠拍打雙翼所形成的強風能夠吹飛林木和房屋。

古椿之靈

它是鳥山石燕《今昔畫圖續百鬼》裡的妖怪，據說老椿樹上都寄宿著會迷惑人類的精靈，日本自古就流傳著許多老椿樹的怪談，像是岐阜縣就有村莊在墳頭種下椿樹後，出現了一位發光美女的傳說，而山形縣也有椿樹會化為美女，並且對路過者吐氣將之變為蝴蝶後殺死的流言。

迷途之村

這是曾出現於遠野物語中，流傳在東北與關東地區的山中奇妙豪宅傳說，這棟無人居住的房子裡，雖然沒有人的氣息，但火爐上卻有一隻煮著沸水的鐵壺，據說無意間闖入的旅人，只要帶走屋中其中任何一樣物品就能致富，但是慾望太強的人就無法致富，即便想再次回去那棟屋子一探究竟，也無法再找到房屋的影子了。

借簑婆婆

流傳於神奈川縣等地區的獨眼妖怪婆婆，她會在陰曆12月8日或2月8日時，到人們家裡商借蓑衣或眼球，據說當地人會將竹籃等編織物放在門口處，這些網眼就能嚇跑借簑婆婆。

耳切坊主

沖繩縣妖怪，一說幽靈；從前有位名為黑金坊主的僧侶，他時常運用幻術行惡，北谷王子為教訓這名僧侶，於是決定以圍棋和他一決勝負，由於黑金坊主處於劣勢，他便決定利用幻術作弊卻反遭王子識破，於是王子立刻砍下了他的耳朵，此後黑金坊主就化身成為名叫耳切坊主的怨靈，在當地兒歌歌詞裡頭，都會唱著耳切坊主要拿鐮刀或小刀割掉孩子耳朵。

夜叉之池的龍

位於岐阜縣與福井縣交界的夜叉之池中棲息著一條龍，從前村子裡遭逢大旱，一名男子就向一條蛇說：「如果你能降下大雨我就將女兒許配給你。」到了晚上，揖斐川的龍神竟出現在男子夢中，答應他降下大雨解救村莊，而後男子也遵守約定，前往夜叉之池將其中一位女兒許配予龍神，數日後，男子因放心不下女兒再度來到池邊，但他的女兒這時卻已化作一條巨龍了。

八咫烏

於日本神話中現身的巨大三足烏鴉，據說神武天皇打算從熊野國（今和歌山縣南部與三重縣南部）前往大和國（今奈良縣）時，八咫烏就曾為他帶路；相傳牠是一位名為賀茂建角身命的神明化身，在奈良縣宇陀市裡就建有用以祭祀賀茂建角身命的「八咫烏神社」。

兩面宿儺

他居住在飛驒國（今岐阜縣北部），是個有四手四腳、兩張臉、沒有脖子、膝蓋沒有後膝的怪異超人，不但力量強大且身體敏捷，同時還很擅長弓箭和劍術；據《日本書記》記載，他因為忤逆朝廷而被奉天皇之命前來的難波根子見振熊制服，當地人相信他是十一面觀音菩薩的化身，據說當初建造普門山善久寺者正是兩面宿儺。

特別企劃

妖怪博士 小松和彥 專訪

身為國際日本文化研究所所長的小松和彥教授，是一位長年研究妖怪繪畫與故事的偉大學者，本書在此對小松教授提出了各式各樣的妖怪問題請他解惑。

雖然不是人 卻充滿人情味的妖怪們

——所謂的「妖怪」究竟是指什麼東西呢？

小松　「妖怪」其實是有點艱深的學術用語呢，他是學者所創造的新語詞，從前的人們則是使用「鬼怪」、「怪物」等舊有詞彙，所以時至今日一般人仍對妖怪一詞一知半解，但是只要說「怪物」大家就能立刻聯想各種怪物形象，但要是問道：「妖怪究竟是什麼呢？」就無法產生上述的聯想了，而最典型的情況就是會浮現水木茂的漫畫作品，因為真正讓妖怪一詞傳遍日本的人就是水木茂，他以民俗學者的研究為基礎，並運用繪畫作出了有如辭典般的作品，雖然其中的妖怪形象與過去並無太大差異，但實際上這可說是鬼怪的全新概念，只不過人們對鬼怪一詞的印象，已經在長久的歷史中逐漸產生變化；鬼怪一詞原有變化之意，是具有超自然意象的詞彙，但自從江戶時代以來，如轆轤首等無法變換形貌的妖怪也能稱之為鬼怪，所以就將「雖無法變形卻能做出奇異或可怕行為的異形」歸類到妖怪之中。

——為何妖怪們要對人類惡作劇呢？

小松　妖怪的外貌雖與人類不同，但在本質上卻是相同的，它們同樣會高興、難過，甚至會想和人類當朋友；

民俗學者 **小松 和彥**

西元1947年於東京都誕生。他專攻民俗學、文化人類學，曾任信州大學助理教授、大阪大學助理教授及教授，自1997年以來出任國際日本文化研究所教授，2012年接任國際日本文化研究所所長；對妖怪論、巫術，與民間信仰有極深的造詣，享有日本黑暗文化研究圈第一把交椅的盛名，2013年榮獲紫綬勳章表揚。主要著作有《憑靈信仰論》（講談社學術文庫）、《百鬼夜行繪卷之謎》（集英社文庫視覺版）、《伊邪那岐流的研究》（角川學藝出版）、《妖怪文化入門》等書。

當他對人類發脾氣時就是可怕的存在，但要是能讓妖怪感到開心，它們也同樣會報答你，我認為妖怪和人類能以各種形式來往，並藉此讓對方認識到自己的存在，這種「請你想想我做的事吧」、「世界上有我這種妖怪喔」等想法，從人類的角度看來就成了惡作劇，像是座敷童子也會故意製造噪音，但有些行為對妖怪而言是惡作劇，但對人類來說卻是恐怖的體驗，反之也有妖怪想要嚇唬人類，卻被視為它想對人類惡作劇的情況也曾發生。

抱持著理解妖怪的心態 才是成為朋友的第一步

——人類能和妖怪成為好友嗎？

小松　妖怪和人類是不同的物種，雙方來往的相處之道十分困難，不過光就成為好友這點來看，妖怪與人類結交並不是什麼古怪的事情，但要是打從一開始就無法正視妖怪，那麼雙方是無法成為朋友的，因此想和妖怪來往最重要的還是要有一顆「正視妖怪的心」，所以人類不但得擁有豐富的想像力，還必須具備大量的妖怪知識才行；無論妖怪是否存在，都必須抱持著「要是真有妖怪那麼它們會是什麼模樣呢？」的想像力，並且徹底探究關於妖怪的一切，只要逐漸吸收如：日本過去的妖怪種類，以及古人描繪妖怪的方式等大量知識，才有可能發現妖怪或是創造出新的妖怪，所以知識才是雙方成為朋友的第一步。

古老的蛇、萬能的狐、最強的鬼

——何者是歷史上最古老的妖怪呢？

小松　從日本人開始使用漢字，以文字記載歷史的《古事記》、《日本書記》時代起算，最具代表性的妖怪是「八岐大蛇（高志之八俣遠呂知）」，至於在《風土記》中也記載著類似的妖怪「夜刀神」，它是一條頭上有角的大蛇，由此看來最古老的妖怪應該是蛇；不過從古至今，許多妖怪都被視為自然界的恐怖象徵，從前住家之外就是大自然，人類所能支配的領域十分有限，所以無論是原野或是山林，許多地方都不是人類所能掌握的，因此很容易對不明究理的怪異現象感到害怕。在這層意義上，一切人類所無法理解的範疇就是妖怪的領域，即便白天是屬於人類領域的

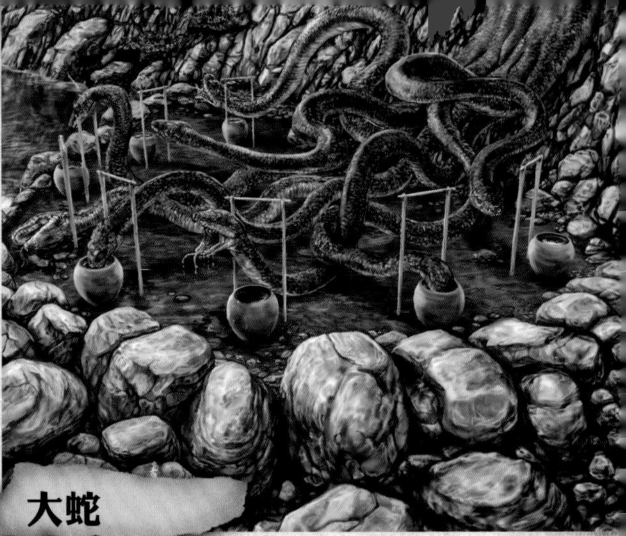

大蛇

地方，到了夜晚也會成為妖怪的領域，而在領域之間的交界處，就是妖怪可能會出沒的地點。只不過妖怪無法離開人類生存，人類無法居住的地方妖怪也不會存在，只是在充滿光明的現代，妖怪們光是想出來透透氣就得傷透腦筋吧。

——教授認為那些妖怪擁有讓你驚訝的能力呢？

小松　能夠擁有超越人類力量的生物，都會讓人感到訝異，而隨著妖怪的種類增加，因而造成妖怪逐漸形成各自的獨特定位，因此不會產生最頂尖的一項能力，如果就能夠使用所有能力的角度來看，或許身為動物系統一員的狐狸應該是最讓我驚豔的妖怪；不過要說到最讓我感到害怕的妖怪，我小時候倒是很害怕「搔撫」，它總是讓我不敢去上廁所，以前要在半夜時去茅廁上廁所時，都要請媽媽跟著我去呢，而人們之所以會對廁所感到畏懼，就是因為當時的人類是最脆弱的，不但伸手不見五指，背後的空間也很可怕呢。

——那麼您個人認為最強的妖怪是什麼？

小松　基本上應該會是「鬼」吧，它能打破人類的所有禁忌，可說是聚集人類負面特質的存在，所以鬼的形象才會具有暴力、食人等特徵，而角、獠牙、鐵棒也是為表現其力量的產物，所以我認為鬼是最可怕的妖怪；事實上在鬼怪一詞成為主流以前，所

有的妖怪都稱為鬼，所以在從前的繪畫中，無論是頭上沒有角的鬼、帶著鹿頭的鬼，甚至是像付喪神一類的道具妖怪全都能統稱為鬼，但在角色的定位逐漸成形以後，如今就只剩下頭頂有角、體格壯碩的鬼，才是現代人所指稱的鬼了。

——為何同樣種類的妖怪，稱呼和外觀卻會隨著地區不同而改變呢？

小松　這是理所當然的差異啊，妖怪並非由某處統一稱呼與外觀後，再刻意傳播至全國各地，而是在各自的土地上獨自發展而成，所以自然在名稱及外貌上就會產生差異，事實上妖怪的名稱反而不能統一，像「河童」雖然已經是日本的通用語，但是各地對這類妖怪的稱呼則各有不同，甚至還有長得像猴子、頭上沒有盤子的河童，皮膚顏色也是有紅有綠；紅皮膚的河童雖曾於柳田國男的《遠野物語》登場，但遠野市河童的皮膚卻是綠色的，這種與當地人的印象產生出入的圖鑑，甚至造成了嚴重的問題，就圖鑑而言，綠皮膚的河童雖然較符合大眾印象，但這卻會引發當地人的不滿，像是河童的外觀與當地不符，而廣島甚至不存在河童這種妖怪，當地人多稱之為芝天，其實河童原本就是關東的詞彙，經過江戶的知識分子採用之後，才成為全國通用的詞彙。

背後等人類看不見的空間　可是相當恐怖呢

妖狐

——為何在歲月的累積下生物或道具能化為「貓又」或「付喪神」等妖怪呢？

小松　若以60年當作人類壽命的單位來看，100年、200年的時間早已超越人類壽命的極限，若想成為近於不老不死、超乎人類想像的存在，就得擁有超常的力量才行，剛才也提到狐狸擁有許多強大的能力，然而無論是狐狸或是狸貓甚或是人類，要想獲得強大妖力就必須得長壽才行，就算是物品只要年代夠久遠，它也會寄宿強大的靈魂，而人類上了年紀以後也是一樣，當這些生物超出人類控制範圍時就成了所謂的「妖怪」，但只要人類興建神社供俸之，它就能成為鎮守神社的「神明」，所以無論是妖怪天狗也好，人類怨靈也罷，只要能獲得人類信仰就能夠成為神。

當地流傳的妖怪繪畫 成了意料之外的有趣發現

現在可能還存有新的妖怪繪畫!?

——除了妖怪研究以外，您平常還有其他研究工作嗎？能否分享研究工作的甘苦談呢？

小松　目前為止我所做的妖怪研究，有談話集、《古事記》等「文字記錄」，以及在農村等地區訪談妖怪故事的「民間傳說」，這兩個層面在經過學者們歷年的努力，研究進度已經有長足的發展，但其中最困難的部分其實是「繪畫」，要能夠觀賞畫作是相當困難的事情，比方說作畫十分優美的作品就會成為美術館公開展覽的畫作，但由於美術館並不會只以收集妖怪繪畫為主，因此所有的繪畫都分散在各個地區；而收藏於美術館內的原版畫作，更不會輕易讓一般人觀看，當我還是個無名的年輕學者時，無論再怎麼請託美術館也不肯讓我看原畫作呢。簡單的來說，妖怪畫作從未建立畫作目錄，所以研究者就得逐一尋訪各地的妖怪繪畫，因此這

30年來我都得不停地尋找畫作，而妖怪繪卷大多都有數個場景，我們除了得一一拍下這些場景，還必須付出數萬元的拍攝費用，剛出道的研究者根本無法支付這些費用，因此在成為妖怪研究的第一把交椅之前，就得在各方面下足功夫，像是我在做百鬼夜行論文的時候，曾委託出版社為我拍攝論文插圖用的畫作，當時就順便要他們替我多拍了幾張照片；而在我持續不斷研究的過程中，美術館方面也逐漸公開展示畫作，並且將繪畫的彩色照片電子化，也能共享妖怪記事與繪畫等資源，而原本在我的研究中失去色彩、遺忘了出生地的妖怪們，才總算能呈現出它們在畫作裡的真實樣貌。

——在教授的努力之下我們才能見識到妖怪畫作呢

小松　不過……現在或許還有不為人知的畫作存在喔，雖然不知道這些畫作中是否會出現所謂的「新的妖怪」，但或許會呈現出其他風貌的河童也說不定；如果各地區都會舉辦妖怪展覽的話，不但能呈現出各地獨特的妖怪繪畫，也許當地的學藝員也會為了展現地方特色，而為我們找出尚未公開的繪畫呢。近來來我也會盡可能協助各地區舉辦妖怪展覽，不過大家還是想徹底了解當地的妖怪，如此一來常會有意外的收穫，雖然縣立博物館每年都會舉辦相關活動，但想到這次說不定會有新發現，總是會讓我樂在其中啊。

——非常感謝您接受這次專訪。

妖怪用語集

研究妖怪時常會看到平時不會使用的詞彙，在此將舉出其中幾個詞彙進行介紹。

浮世繪

又稱作錦繪，是江戶時代的繪畫形式，雖然形式種類十分多元，但其中以色彩鮮艷的木版畫最為著名，畫作題材多以戲劇及日常生活為主，以妖怪為主題的作品亦所在多有。

繪卷

在長形紙捲上描繪故事場景的畫作，是以數枚長紙接續而成畫卷，繪卷將故事各頁內容拆分開來，再由右至左按照順序畫在同一張紙上，其中不乏描繪百鬼夜行或降妖伏魔故事的作品。

逢魔時

也就是日落西山，天空被染成一片通紅的黃昏時刻，正好是人類活動時間與妖怪出沒時期的交界，原本寫作「大禍時」，意指相當不吉利的時辰。

鬼火

漂浮於半空中的來歷不明的火球，據說它會吸取附近人類的精氣，乍看之下很像火把的，但火焰的顏色卻是藍色，一眼就能分辨出兩者的差異，鬼火和狐火與死人靈魂的人魂完全不同。

鬼怪

能隨興所欲變化外型的妖怪，又稱作「怪物」、「化生」，古人認為自然界中的怪異現象，都是由鬼怪所引起，所以無論是幻化為人的狐和狸、化為幽靈的死人靈魂、寄宿於岩石樹木的神靈，全都可以統稱為鬼怪。

三大妖怪

也就是日本最具代表性的妖怪：天狗、鬼和河童，它們流傳於日本各地的傳說與故事，令其他妖怪望塵莫及。

地獄

在佛教中惡人靈魂會被送入地獄接受懲罰，裡頭住著鬼、惡鬼與閻王等妖怪。

付喪神

長壽的動物幻化為有如神一般的存在，而年代久遠的物品也會寄宿著靈魂，如今都被視為妖怪看待。

百物語

日本自古以來說鬼故事時的規則，所有人必須輪流講鬼故事，據說在說完100個鬼故事以後就會發生靈異現象，因此怪談故事集中大多會蒐集100則故事。

附身

其他靈魂依附在人類身上的現象，被附身者無法依照自己的意志行動，整個人的感覺就像變了個人一樣，不光是狐、犬神、狼、蛇等妖怪，就連幽靈或神明等靈體也能附身到人身上，但不僅有惡靈會附身，善良的靈也能附身。

民俗學

以自古以來的傳說為基礎，研究人們生活歷史的學科，是一門新興的研究領域，在19世紀末才正式在日本發展，其中以研究妖怪傳聞的學者居多。

物怪

古人會將天災、流行病等成因不明的問題，視為物怪作祟的結果，因為它是能引起怪異情況的怪物，所以被稱作物怪，而後物怪一詞就成為以疾病折磨人類的惡靈之代名詞。

山伏

進入人稱的「靈山」修行後，自然而然獲得力量的修行者，又稱作修驗者，他們頭上戴著稱為「頭巾」的小帽，身穿名為「篠懸」的法衣，手持錫杖或法螺。

妖怪索引

刊載與本書中所有妖怪的清單，用名字來找尋妖怪的詳細介紹吧。

妖怪索引

參考文獻

「妖怪事典」村上健司（毎日新聞社）

「日本伝奇伝説大事典」（角川書店）

「妖怪ウォーカー」村上健司（角川書店）

「幻想世界の住人たちⅣ〈日本編〉」多田克己（新紀元文庫）

「萌え萌え妖怪事典」（イーグルパブリシング）

「萌え萌え妖怪事典　零」（イーグルパブリシング）

「画図百鬼夜行全画集」鳥山石燕（角川ソフィア文庫）

「新版　遠野物語　付・遠野物語拾遺」柳田國男（角川ソフィア文庫）

「日本魔界伝説地図」東雅夫・監修（学研）

「ヴィジュアル版謎シリーズ　増補改訂版　日本の妖怪の謎と不思議」（学研）

「図説　妖怪画の系譜」兵庫縣立歴史博物館、京都国際マンガミュージアム・編（河出書房新社）

「Books Esoterica24　妖怪の本」（学研）

「ムースペシャル　オールカラー日本の妖怪FILE」宮本幸枝・編著（学研）

「にっぽん妖怪大図鑑」常光徹・監修（ポプラ社）

「知っておきたい　世界の幽霊・妖怪・都市伝説」一柳廣孝・監修（西東社）

「日と世界の「幽霊・妖怪」がよくわかる本」多田克己・監修、造事務所・編著（PHP文庫）

「江戸奇談怪談集」須永朝彦・編訳（ちくま学芸文庫）

「図説　そんなルーツがあったのか！妖怪の日本地図」志村有弘・監修（青春新書インテリジェンス）